KB251048

살의의 특수

살의의 특수

초판 1쇄 인쇄일 2026년 4월 8일
초판 1쇄 발행일 2026년 4월 15일

지은이 홍정기
펴낸이 양옥매
디자인 표지혜 송다희
마케팅 송용호
교　정 정혜성

펴낸곳 도서출판 책과나무
출판등록 제2012-000376
주소 서울특별시 마포구 방울내로 79 이노빌딩 302호
대표전화 02.372.1537　**팩스** 02.372.1538
이메일 booknamu2007@naver.com
홈페이지 www.booknamu.com
ISBN 979-11-6752-785-1 (03800)

홍정기 특수설정 미스터리 작품집

살의의 특수
殺　意　　　特　殊

책과나무

추천사

한국 특수설정 추리는 홍정기로부터 시작되었다!

● 한새마 작가

화려한 기교 없이, 힘을 뺀 자세로 자극적인 풍미를
우려내는 작가. 정직한 트릭과 불량한 유머의 부조화가
만들어 내는 알싸한 뒷맛은 오직 홍정기만 낼 수 있다.

● 한국본격미스터리작가클럽 고태라 작가

특수설정이라는 양념이 가장 정확한 곳에 쓰였다.

● 한국본격미스터리작가클럽 황정은 작가

특수한 발상, 흥미로운 설정, 과감한 이야기.

● 한국본격미스터리작가클럽 김범석 작가

특수설정 미스터리의 가장 큰 매력은 마법이든, 유령과의 소통이든, 그 안에서만의 규칙과 논리를 통해 사건이 해결된다는 점이다. 따라서 설정 자체가 관건이지만 단편일 경우 이를 짧은 분량 안에 제대로 녹여 내기도 쉬운 일이 아니다. 홍정기 작가는 그런 점에서 매우 탁월한 특수설정 스토리를 보여 주고 있다. 비현실적인 추리물을 즐겨 보기를!

● 한국본격미스터리작가클럽 조동신 작가

현재 대한민국에서 특수설정을 가장 많이, 꾸준히 쓰고 있는 작가. 다음엔 또 어떤 세계를 창조해 낼지가 궁금하다.

● 한국본격미스터리작가클럽 박건우 작가

한국 특수설정 미스터리의 효시이자 기수.

● 한국본격미스터리작가클럽 김영민 작가

참신한 아이디어의 무궁무진한 향연. 특수설정 선물 꾸러미를 맛보시기를!

● 한국본격미스터리작가클럽 박상민 작가

차례

殺　　意　　　　　　特　　殊

망령의 살의

운전대 중앙에 박힌 노란색 바탕의 검정말이 진동했다. 요란한 엔진의 굉음에 귀가 먹먹할 지경이었다.

운전대를 움켜쥔 남자가 다른 손으로 컵 홀더에 꽂혀 있던 버드와이저 캔을 들어 입으로 가져갔다. 고개를 뒤로 꺾은 남자는 거침없이 맥주를 들이켰다. 남자의 목울대가 연신 울렁거렸다. 어느새 입가에 흐른 맥주를 손등으로 훔친 남자가 고개를 돌리고 아쉬운 듯 소리쳤다.

"끅. 야야. 마지막. 딱 마지막으로 한 판만 더 하자."

뒷좌석에 캔 맥주를 마시던 남자가 반기듯 몸을 앞으로 내밀어 운전석 헤드에 팔을 걸쳤다.

"큭큭큭. 또? 오늘 승률이 영 안 좋은데 이제 그만하지? 딸꾹."

조수석 남자가 웃으며 거들었다.

"야야. 벌써 3백은 잃지 않았냐. 이러다 사고라도 나면 어쩌려고 그래."

운전석 남자가 갑자기 운전대를 주먹으로 치며 소리쳤다.

"아이 씨발. 우리가 돼지냐? 버러지들이 돼지는 거지."

말을 멈춘 남자가 다시 캔 맥주를 들이켰다.

"사고? 괜찮아, 씨발. 너 이빨 치료 때문에 술 한 방울도 안 마셨지? 네가 운전했다고 우기면 끝이야. 아이씨.

기분 잡치게 하지 말고. 끅.”

운전석 남자가 세 손가락을 펴 보였다.

“판돈 3백. 내가 이겨도 니들한테 돈은 안 받는다. 어때. 할 거야 말 거야?”

운전석 남자의 선언에 조수석과 뒷좌석 남자가 슬쩍 눈빛을 교환했다.

“아이. 진짜 위험한데.”

잠시 망설이던 조수석 남자가 재빨리 덧붙였다.

“난 오른쪽.”

뒷좌석 남자가 작게 트림을 하며 말했다.

“끄윽. 오케. 나도 오른쪽.”

“그, 그래? 그럼 난 왼쪽이다.”

운전석 남자의 말에 조수석 남자가 손바닥을 비비며 말했다.

“좋아 좋아. 그럼 지금 오는 저 버스가 오늘의 마지막 데스 매치다. 큭큭큭.”

운전석 남자가 반대편 차선에서 오는 파란색 시내버스에 시선을 고정한 채 초점을 잡기 위해 눈을 가늘게 떴다.

마주 오던 버스와 포르쉐의 거리가 점점 짧아졌다.

“5.”

운전석 남자를 시작으로 차 안의 남자들이 입을 모아 카운트다운을 시작했다.

"4."

"3."

숫자가 줄어들수록 광기에 휩싸인 목소리는 커져만 갔다.

"2."

"씨발! 가 보자고!"

열의에 찬 욕설과 함께 운전석 남자가 핸들을 급하게 왼쪽으로 틀었다. 그와 동시에 포르쉐가 중앙 차선을 넘어 반대 차선으로 진입했다. 깜짝 놀란 버스 기사가 클랙슨을 누르고 상향등을 깜빡였다. 하지만 운전석 남자는 꼼짝도 않았다.

마침내 버스와 포르쉐가 충돌하려던 찰나, 버스 운전사가 급하게 핸들을 틀었다. 아슬아슬하게 포르쉐를 비켜 간 버스가 넘어질 듯 휘청이며 갓길로 방향을 꺾었다. 귀청을 찢는 굉음과 함께 버스가 지나간 아스팔트에서 하얀 연기가 피어났다.

쾅!

대기를 뒤흔드는 충격음. 그리고 멈춰선 포르쉐 안에 가득 찬 웃음소리.

"큭큭큭. 이겼어. 마지막 판은 이 몸이 이겼다고! 핫핫
핫핫."

사색이 된 조수석 남자가 고개를 뒤로 젖히고 미친 듯
이 웃는 운전석 남자의 팔을 잡아당겼다.

"야야. 저거…… 저거 봐 봐."

뒷좌석 남자가 얼굴을 파묻었다. 그리고 몹시 떨리는
목소리로 말했다.

"씨발…… 좆됐다."

겁에 질린 친구들과는 달리 운전석 남자의 웃음소리는
한참 동안 이어졌다.

*

"아이고. 하나도 안 드셨네."

어제 저녁 힘들게 차린 음식들이 식탁 위에 그대로였다.

콩나물국은 차갑게 식었고, 김치는 말라붙었으며, 윤
기 있던 밥은 누렇고 딱딱하게 굳어 있었다.

말라비틀어진 음식들을 보고 있자니 불쑥 울화가 치밀
었다.

"이렇게 굶다간 엄마도 죽어요. 알아요?"

울음을 가까스로 억누른 탓에 목소리가 우스꽝스럽게

갈라졌다. 어두컴컴한 방 안에서 등 돌려 누운 엄마는 미동조차 없었다. 가늘고 작게 떨리는 어깨만이 엄마가 잠들지 않았음을 알리고 있었다.

간밤의 피로가 급격히 밀려와 순간 현기증이 인다. 머리가 지끈거려 엄지와 검지로 관자놀이를 지그시 문질렀다.

오전 8시 반. 밤새 출장을 마치고 서둘러 돌아온 집에는 정적만이 가득했다.

이게 사람이 사는 집인가. 언제까지 이렇게 살아야 한단 말인가.

불과 몇 주 전까지만 해도 이렇지는 않았다.

고등학교 등교 준비로 분주한 동생에게 밥 한술이라도 떠먹이려 아침상을 차리는 엄마. 식탁을 지나 운동화에 발을 구겨 넣는 동생을 급히 불러 세우고 콩나물국을 손수 떠먹이는 엄마. 그런 엄마의 손에서 그릇째 뺏어 들고 국물을 후루룩 들이켜는 동생. 쿨럭. 밥알이 화산처럼 분출되고, 사레가 들려 기침을 토해 내는 동생의 등을 안쓰럽게 문지르는 엄마. 식탁에 앉아 그 모습을 지켜보며 키득거리는 나…….

매일 아침 반복되던 그 풍경은 이제 없다.

문득 콧잔등이 시큰거렸다. 어느새 눈물이 고여 돌아

선 엄마의 등이 파도치듯 너울거렸다. 나는 서둘러 옷소매로 눈물을 닦아 냈다.

나라도 정신을 차려야 한다.

손바닥으로 마른세수를 하고 다시 눈을 뜨자 안방에 누워 있던 엄마가 사라져 있었다. 나는 깜짝 놀라 고개를 돌려 주변을 살폈다.

"엄마, 이른 아침에 갑자기 어디 가세요."

어느새 엄마는 현관 앞에 서서 낡은 슬리퍼에 맨발을 넣고 있었다.

나는 서둘러 다가가 엄마의 어깨를 잡아끌었다. 엄마의 작디작은 어깨가 힘없이 끌려왔다. 엄마는 그제야 천천히 내게로 고개를 돌렸다. 며칠 만에 보는 엄마 얼굴인가. 가슴이 무너져 내렸다. 언제 감았는지 모를 떡이 진 머리에 그동안 거른 끼니 탓에 눈 밑은 동굴처럼 푹 꺼져 있었다. 동공이 풀린 멍한 눈으로 물끄러미 나를 바라보는 엄마는 작게 입술을 달싹거렸다.

"창수…… 우리 창수 보러 가야 돼."

그 말이 시발점이 되어 이제껏 참았던 눈물이 터져 나왔다.

"아우, 엄마. 창수, 창수는 죽었다고. 산 사람은 살아야지. 이제 그만 놓아주자고요."

엄마는 아직 신지 못한 슬리퍼에 오른발을 욱여넣고
마른 나뭇가지 같은 손가락으로 천천히 현관 손잡이를
잡아 돌렸다. 낡은 현관문 경첩에서 나는 신경을 거슬리
는 소리에 이어 쓰러질 듯 현관을 나서는 엄마가 나직이
중얼거렸다.

"이제 창수 볼 날이 한 달도 안 남았다고…….'

그 말이 내 귀에 또렷이 박혔다. 얼굴로 뜨거운 피가
쏠렸다. 사지가 사시나무 떨리듯 떨려 왔다. 참을 수
없는 분노로 어금니를 악물었다. 맞물린 이가 딱딱 울
렸다.

"개새끼들."

떨리는 목소리가 간신히 새어 나왔다.

"죽여 버린다. 기필코. 내가 다 죽여 버릴 거다."

힘껏 쥔 주먹이 부르르 떨렸다. 손톱이 파고든 손바닥
에서 새빨간 피가 배어 나왔다.

*

'혼령과 함께한 혼란의 1년.'

TV만 켜면 떠들어 대는 말들에 머리가 아파 리모컨 전
원 버튼을 눌렀다.

크리스털 잔에 담긴 샤또 몽페라 와인 한 모금을 머금었다. 입안에 달콤쌉싸름한 포도 향이 차올랐다.

벌써 1년인가.

'월식의 밤' 이후로 한해가 지났다.

1년 전 갑작스럽게 찾아온 변화로 인류는 혼란의 나날들을 보내야 했다. 하지만 인간은 타고난 적응의 동물이라 하던가. 정부의 빠른 대처와 국민들의 협조 덕분에 1년이 지난 지금 미지의 존재와의 공존은 순조롭게 진행 중이었다. 물론 문제가 완벽히 해결되었다는 것은 아니었다. 하루가 다르게 예상치 못한 문제들이 터져 나오고 있으니, 아직은 공존의 과도기임을 모두가 직시하고 있었다.

지금도 창밖으로 만월이 붉게 타오른다.

월식의 밤 이후로 핏빛으로 물든 만월은 줄어들지도, 원래 색으로 돌아오지도 않았다. 덕분에 사양길이던 무당이 인기 유망 직종으로 급부상했다. 나 역시 눈코 뜰 새 없이 바빠졌으니 결과적으로 이 사태의 수혜자라 해야 할까.

벽면을 가득 메운 부적들 사이로 창밖의 붉은 만월을 보고 있자니 나도 모르게 상념에 젖어 들었다.

100년 만에 가장 긴 개기월식 이른바 슈퍼 블러드문이 뜬다는 소식에 천문학에 문외한인 이들도 월식을 보기 위해 어두운 공원이나 언덕으로 모여들었다.

나 역시 인파로 가득한 뒷산 언덕배기에 모여든 사람 중 하나였다. 슈퍼 블러드문에 관심이 있었냐고? 전혀. 그런 건 안중에도 없었다. 그저 막연한 걱정 때문이었다.

무당을 시작한 이래 가장 불길한 점괘가 6월 25일에 점쳐졌다. 이를 증명이라도 하듯이 개기월식이 예고된 25일이 다가올수록 전에 없던 요기가 가득 찼다. 천안 도심에 출몰한 쥐 떼가 저수지로 몸을 던지는가 하면 산 새들이 이유 없이 건물 벽을 들이박고 죽어 가는 기현상이 관측되었다.

그리고 또 하나. 유령을 봤다는 목격 신고가 전에 없이 급증했다. 이는 허위신고로 용인할 수 있는 건수를 훨씬 넘어서는 수치였다. 달이 차오르는 만큼 음기가 상승하는 것은 음양오행의 자연스러운 이치. 하지만 월식일의 점괘가 거듭 대홍수로 점쳐지는 것이나 손등의 피부가 따끔거릴 정도로 요기가 차오르는 것은 결코 예삿일이 아니었다. 나쁜만이 아니었다. 사이비 무속인이 아닌 이상 대한민국의 무당들은 대부분 월식의 밤을 직접

밖에서 지켜봤을 것이다. 그만큼 상황은 중대하고 심각했다.

뒷산에 오른 나는 넘치는 인파를 뚫지 못하고 언덕 중턱에서 밤하늘을 지켜볼 수밖에 없었다. 불안한 마음에 퇴마 주문을 연신 읊조렸다.

이윽고 시간이 흘러 하루의 음기가 최고조인 새벽 2시가 됐다.

갑자기 여기저기서 탄성이 터지기 시작했다. 과연 만월이 좌측 끝부터 서서히 붉은색으로 물들기 시작했다. 개기월식이 시작된 것이다. 사정을 모르는 사람들은 월식이 진행되는 달을 향해 요란하게 사진을 찍어 댔다.

등골에 식은땀이 흘러내렸다. 붉게 물드는 달에서 강렬한 요기가 뿜어 나왔다. 그 요기에 피부가 전기에 감전된 것처럼 저릿하고 양 볼에 경련이 일었다. 나는 품안의 점사 방울을 힘껏 틀어쥐었다. 시끌벅적한 인파 속에서 첫 번째 비명이 터진 건 그로부터 얼마 지나지 않아서였다. 첫 비명을 시작으로 언덕은 삽시간에 아수라장으로 변했다. 서둘러 언덕을 내려가려는 수많은 인파에 걸려 넘어지고, 바닥에 깔린 사람들의 비명이 밤하늘에 아우성쳤다. 나는 점사 방울을 빼 들어 밀려 내려오는 사람들을 비집고 언덕 위로 내달렸다.

무작정 내달리는 사람들 뒤로 흐릿한 형체가 눈에 들어왔다. 두 팔을 뻗은 채 비척거리며 걸어 다니는 사람의 형체. 붉은 달빛을 받아 은은하게 빛나는 형체는 반투명하여 형체 뒤로 놀란 사람들의 얼굴이 그대로 투영돼 보였다. 발 부분은 흐릿하여 허공에 떠 있는 듯 땅 위를 부유하는 그것.

그랬다. 흔히 혼령, 영혼, 유령, 귀신이라 부르는 그것.

용한 무당도 귀문이 트여야만 흐릿하게나마 볼 수 있는 그것이 수많은 사람들 앞에 홀연히 나타난 것이다. 존재조차 불분명했던 귀신의 실체가 드러났으니 사람들이 혼비백산하는 것도 무리는 아니었다.

그날 밤 나타난 귀신이 월식 전 뒷산에서 일어난 추락 사고로 사망한 자였다는 것은 월식의 밤 이후로 며칠이 지나서야 안 사실이다.

대한민국의 월간 사망자는 약 4만 5천 명 정도이다. 그 말인즉슨 대략적으로 하루에 1천 5백 명의 사람이 목숨을 잃는다는 뜻이다. 아비규환의 그날 밤, 적어도 7만 명의 잠들었던 혼령이 땅속에서 기어 나왔으니. 이를 목도한 사람들의 공포와 혼란은 이루 말할 수 없으리라.

교통사고 현장에서 시신과 분리된 영혼이 도로에 나타나 2차, 3차 사고를 유발하는가 하면, 병원은 혼령들의 집합소나 마찬가지였다. 옥상을 부유하던 귀신이 바로 아래층 천장에 거꾸로 매달린 채로 나타나 사람들을 놀라게 했다. 이 같은 기현상은 월식의 밤이 지나 해가 떠오른 이후에도 지속됐다.

밤낮을 가리지 않고 계속되는 귀신놀음에 사람들은 악마가 재림했다느니, 뚜렷한 종말의 징조라느니, 조상님들이 분노했다며 저마다 되는 대로 떠들어 댔다. 결국 각 종파의 수장과 관련 전문가들이 모여 긴급회의가 열렸다. 치열한 논의 끝에 월식의 밤, 달을 통해 현세와 저승의 관문이 활짝 열린 것으로 결론지어졌다. 그동안 오컬트 괴담으로만 알고 있던 달이 저승으로 통하는 게이트였음을 공식적으로 인정한 셈이었다. 만월을 붉게 물들였던 것이 지구의 그림자가 아니라 마계의 문이었던 것에 대중들은 다시 한번 경악했다. 더군다나 일단 한번 열린 저승문은 대규모 굿을 벌여도 조금도 닫히지 않았다.

인류가 새로이 혼령과의 공존을 모색해야 하는 시대가 도래한 것이다.

유명한 무당들이 조사 전문가로 초빙되어 혼령들에 대해 면밀히 분석했다. 오랜 관찰과 실험을 거쳐 혼령들의 공통된 몇 가지 특징을 파악할 수 있었다.

'월식의 밤' 이후로 모든 인간은 목숨이 끊기는 순간 신체와 영혼이 분리된 뒤 가시화됐다. 시신과 분리된 영혼은 목숨이 끊긴 순간의 옷차림으로 나타나 사망 장소에서 멀리 벗어나지 못하고 부유하는 지박령이 되었다. 시신의 영혼은 정확히 49일 동안 이승에 머물 수 있었다. 영혼은 시간이 지날수록 점차 흐릿해지다 49일이 되는 날 승천하듯 하늘로 흩어졌다. 기본적으로 영혼은 가시화만 됐을 뿐 인간에게 위해를 가하지 못했다. 물리적 장애물인 벽도 그대로 통과했다. 말 그대로 영혼은 실체가 없는 영혼일 뿐이었다.

그건 산 자도 마찬가지였으니. 인간 역시 영혼에게 어떠한 물리적 행동을 가할 수 없었다. 만지려 하면 손가락이 그대로 영혼의 몸을 관통했다. 의식이 없는 듯한 그들은 말을 하지 않았고 들을 수도 없는 것 같았다. 그저 공허한 눈으로 사망 장소 주변을 부유했다. 낮이고 밤이고 쭈욱.

시간이 지나면서 이계의 존재는 그저 조금 불편한 존재로 받아들여지고 있었다. 산 자와 죽은 자 사이의 접점은 없어 보였다. 그랬다. 어디까지나 자연사의 경우는 이 말이 맞았다. 그렇지 않은 경우가 있다는 것을 깨닫는 데는 대혼란의 밤으로부터 3일이 지나고 나서였다.

40대 남성이 한밤중 길을 가던 여성을 공사 현장으로 끌고 가 살해하는 사건이 발생했다. 아침 일찍 공사 현장에 출근한 인부가 널브러진 시신을 보고 서둘러 경찰에 신고했다. 현장에 도착한 경찰은 두 구의 시신을 조사하기 시작했다. 범인에게 목이 졸려 사망한 여성과 외상 하나 없이 싸늘하게 식은 범인의 시신을 말이다.

여성은 현장에 있던 스티로폼 위에서, 범인은 여성 바로 옆 시멘트 바닥에서 하의를 벗은 채 쓰러져 있었다. 여성은 목이 졸려 발버둥친 흔적이 있었지만 범인과 격투한 흔적은 없었다.

국과수 검사 결과 범인에게 내려진 사망 소견은 다름 아닌 심장마비였다. 그리고 범인의 상의 아래 가슴에서 직경 6센티미터 정도의 경도 화상을 발견했다. 물론 의학적으로 작은 화상자국을 심장마비와 연관 짓기에는 무리가 있어 보였다. 결국 범인의 사인은 살인과 성폭행 직전 극도로 흥분한 심장에 무리가 온 것으로 결론지어졌다.

하지만 한 가지 의혹이 제기됐다. 공사 현장에 사망한 여성과 범인의 영혼을 찾아볼 수 없었던 것이다. 다양한 추론들이 오갔지만 영혼이 갑자기 성불한 정확한 원인은 파악할 수 없었다. 그러다 범행 시간대 공사 현장 인근에 주차돼 있던 SUV 차량 블랙박스에서 모든 비밀이 밝혀졌다.

공사 관계 차량이 아닌 낯선 차가 주차되어 있는 것을 이상하게 여긴 현장 담당자의 신고로 SUV 차량이 사망한 범인의 차라는 것이 밝혀졌다. 트렁크에서는 피해자가 아닌 두 달 전 실종된 여성의 체모가 발견됐다. 사망한 여성의 시신 처리를 이 SUV로 했었던 것이다. 결국 시신 은폐 목적으로 쓰인 차량으로 사건의 진실이 밝혀지는 아이러니한 일이 벌어지고 말았다.

앙상한 건물의 골조 사이로 가로등 불빛이 건물 안까지 비추고 있어 녹화된 영상만으로도 대강의 식별이 가능했다. 블랙박스 영상을 확인한 형사들은 경악을 금치 못했다.

여성을 목 졸라 죽인 범인은 돌아서서 주섬주섬 바지 버클을 풀었다. 범인의 뒤로 시신의 영혼이 떠올랐다. 영혼은 지금까지의 영혼들과 마찬가지로 이승의 기억, 심지어 방금 전의 사건을 기억하지 못하고 멍한 얼굴로 조금 전까지 머물렀던 육신 주위를 부유했다. 그사이 범인은 바지를 벗어 던지고 시신을 향해 몸을 돌렸다. 눈앞의 영혼은 볼일이 없다는 듯 시선은 바닥을 향해 고정됐다.

바로 그 순간.

부유하던 영혼이 멈칫했다. 표정이 없던 영혼의 얼굴에 급격한 변화가 일었다. 초점 없던 눈동자에 전에 없던 붉은 광휘가 깃들었다. 온통 일그러진 얼굴은 악귀와 다름없었다. 이상한 낌새를 눈치챈 범인이 고개를 들었다. 이제껏 단 한 번도 보지 못한 영혼의 모습에 적잖이 당황한 것 같았다. 영혼은 슬슬 뒷걸음질 치는 범인을 향해 그대로 돌진했다.

영혼과 포개진 범인의 몸이 부르르 떨렸다. 범인의 얼굴이 고통으로 일그러졌다. 뒷걸음질 치려 했지만 영혼에게 꽉 붙잡힌 듯 벗어나지 못했다. 범인이 고통에 몸부림치는 모습이 블랙박스에 그대로 찍혔다.

범인이 몸을 뒤로 젖히는 순간 형사들은 제 눈을 의심했다.

영혼의 오른손이 범인의 가슴속으로 사라져 있었다. 정확히는 여성의 손목 아랫부분이 범인의 심장 부근에 박혀 있었다.

범인이 여성의 영혼을 향해 두 손을 허우적댔지만 영혼은 연기처럼 흩어졌다가 원래의 모습으로 돌아갔다. 물론 그동안에도 범인의 심장에 박힌 오른손은 변함이 없었다. 범인의 몸부림은 오래가지 않았다. 이내 고개를 툭 떨군 범인은 시멘트 바닥에 무너져 내렸다. 곧이어 범인의 영혼이 육신과 분리되어 공중으로 떠올랐다. 여성의 영혼이 살아 있던 범인을 죽인 것이다.

더욱이 이해할 수 없던 것은 복수를 마친 여성의 영혼과 범인의 영혼이 동시에 수 미터쯤 떠올라 연기처럼 흩어진 것이다.

그랬다. 한 맺힌 귀신의 복수였다.

이 사건은 자신을 해한 자에게 복수를 실행한 첫 번째 귀신 살인 사건으로 기록되었다. 영상이 외부로 유출될 것을 우려해 극도로 조심했건만, 은밀하게 유출된 영상은 일파만파로 퍼졌고 엄청난 혼란을 초래했다. 이후 머지않아 귀신 살인 전담반이 만들어져 여러 사례들을 조사한 결과 추가로 새로운 사실들을 알게 되었다.

그동안 밝혀진 사실들을 나열하자면 이렇다.

1. 인간이 사망하는 순간, 망자는 사망 직전의 모습으로 육신과 영혼이 분리되고 49일간 죽은 자리 주변을 부유하다 성불한다.
2. 기본적으로 인간과 영혼은 물리적으로 서로 간섭할 수 없다.
3. 다만, 살해 및 의도된 사고로 사망한 경우 귀신은 망자의 한이 맺히고 사망에 이르게 만든 가해자와

마주친 순간 악귀로 변하여 가해자의 생명을 앗아
간다. (관계없는 자들에게는 일반 영혼과 같은 특성
을 보인다.)
4. 영혼은 가해자의 악의를 감지하여 악귀로 변한다.
(병원의 수술같이 의도치 않은 사망 혹은 우연한 사
고로는 악귀로 변하지 않는다.)
5. 한 맺힌 영혼도 사망에 이르게 만든 인간과 마주하
지 않는 이상 49일 후 자연 성불한다.
6. 영혼에게 복수당한 피해자는 영혼이 분리되자마자
성불한다. 또한 뚜렷한 외상 없이 심장마비와 같은
증상이며 심장 부분의 피부에 경도의 화상자국이
남는다.
7. 신내림을 받은 무속인은 영혼을 소멸할 수는 없지
만 직접 쓴 부적으로 이동 통제는 가능하다.
8. 기본적으로 부적 1장으로 상하좌우 2m 면적의 영
혼을 차단할 수 있다. (무속인의 영력에 따라 차단
면적이 늘거나 줄 수도 있다.)
9. 부적은 노란색 종이에 붉은색 글씨로 무당이 직접
적어야만 효력을 발휘한다.

투명한 창문으로 물방울이 튀기 시작했다.

그 소리에 오랜 상념에서 벗어나 현실로 돌아왔다. 창
문을 바라보니 붉게 타오르던 만월이 먹구름 뒤에 숨어
있었다. 이내 요란스레 장대비가 쏟아지기 시작했다. 소
강상태였던 장맛비가 다시 시작된 것이다.

월식의 밤 이후로 많은 변화가 있었다.

사랑하는 이를 영혼으로나마 더 볼 수 있는 것을 반기는 이들이 있었다. 반면 섬뜩한 영혼과의 동거에 불편함을 호소하는 이들도 적지 않았다. 사망이 임박한 환자들을 숨이 멎기 전 영혼 장례식장으로 옮기는 병원의 특별 서비스가 운영됐지만 제때 시간을 맞추지 못하는 경우가 부지기수였다. 게다가 비싼 비용 탓에 서민들은 꿈조차 꿀 수도 없었다. 결국 대중의 관심은 부적으로 쏠렸다.

영혼의 동선에 부적을 붙여 움직임을 차단하는 것이다.

그렇게 영혼의 출입을 막기 위해 부적의 수요가 폭발적으로 급증했다. 대형 화재 사고나 집단 교통사고가 있었던 곳, 건물이 붕괴된 곳, 치명적 전염병이 발병한 곳에서는 부족한 수요를 채우기 위해 전국에서 무속인들이 몰려들었다.

내게 접신했던 이순신 장군이 예고도 없이 나를 떠나버린 지 3년이 지났다.

나는 사라져 버린 신기를 대신하기 위해 의뢰인의 뒷조사와 예리한 통찰력 그리고 빠른 임기응변으로 최고의 자리를 지켜 왔다. 하나 나를 떠나 버린 신기와는 달리 부적의 영력만은 그대로였다.

이순신 장군의 신내림을 받은 내 부적은 다른 무속인보다 더 넓은 면적의 효험을 발휘했으니, 참으로 아이러니한 일이 아닐 수 없었다. 어쨌든 여타 무속인보다 월등한 부적의 효험은 대중들에게 강한 영능력으로 비춰졌고, 덕분에 1년이라는 단기간 내에 엄청난 부를 축적하게 만들어 주었다.

빗방울이 창문을 때리는 소리가 요란하다.

암만 봐도 오늘도 종일 비가 내리겠구나. 문득 고개를 돌리니 벽시계의 시침이 세 시를 가리키고 있었다.

크리스털 잔에 남은 와인을 마저 입에 털어 넣고 천천히 자리에 누웠다. 적당히 오른 취기를 수면제 삼아 눈을 감고 잠을 청했다.

*

쏟아지는 비에 신발과 바짓단이 흠뻑 젖어 들었다.

젖은 옷 때문에 체온이 식어 몸서리가 쳐졌다.

새벽녘의 흙냄새가 튀어 오르는 빗방울을 타고 코로 들어온다. 소매를 걷어 손목시계를 봤다. 새벽 5시. 이제 슬슬 놈이 나타날 시간이다. 때마침 멀리서 검정 우비를 입은 놈이 커다란 보온병을 들고 잰걸음으로 다가왔다.

역시, 예상대로다.

개차반인 저놈도 먹고사는 일에는 시간이 정확한 걸 보니 헛웃음이 나온다.

우리 집을 풍비박산 내놓고 저 혼자 살겠다고 부지런을 떨다니. 또다시 화병이 도지려는지 머리가 조여 온다.

안 돼. 침착하자. 이건 하늘이 내린 기회. 흥분해서 일을 망칠 순 없다.

후으으읍. 하.

천천히 심호흡을 하며 놈이 탑차의 적재함 속으로 사라지는 것을 끝까지 지켜본 뒤에야 밖으로 나왔다.

자. 이제 단죄의 시간이다.

*

이른 아침 울리는 전화벨 소리에 잠에서 깼다.

잘 떠지지 않는 눈으로 벽시계를 흘끗 보니 오전 9시 반. 모처럼의 휴일을 깨우는 자가 누구인지 보기 위해 휴대폰 액정에 떠오른 이름을 확인했다.

나는 곧바로 헛기침으로 목을 가다듬고 전화를 받았다.

"오영섭 형사님. 웬일이세요."

운전 중인지 차량 소음 사이로 오 형사의 목소리가 들려왔다.

“사망사고? 아……. 네? 이리로 오신다고요?”

나는 휴대폰을 고쳐 쥐고 말했다.

“알겠어요. 바로 준비하고 있을게요.”

전화를 끊고 서둘러 화장실로 들어가 세수부터 시작했다. 찬물로 얼굴을 적시며 남은 잠을 씻어 냈다.

꽤나 오랜만의 연락이었다. 2년 전 인기 마술사 사망 사건[1]의 범인을 잡는 데 도움을 준 계기로 연락을 트게 되었는데, 오늘처럼 사망사건이 발생하면 망자의 영혼이 현장을 마구잡이로 돌아다니지 않도록 통제 작업을 의뢰하는 단골 고객이 되었다. 병사가 아닌 뜻밖의 사고사나 사건의 경우 이렇게 경찰이 내게 직접 연락하곤 했다.

‘하긴 그동안 천안시에 사망사건이 뜸하긴 했구나.’

생활한복을 차려입고 간단한 화장으로 외출 준비를 마쳤다. 문갑에서 손수 그린 부적 한 뭉치와 버드나무 가지를 광목 배낭에 챙겨 넣었다. 준비를 마치자 때마침 오 형사에게서 ‘신당 앞’이라는 메시지가 도착했다.

사무실이자 자택으로 쓰는 오피스텔 20층에서 엘리베

---

1   명탐정 앤솔러지 『명탐정 6』의 「마술사의 죽음」 참조. (아프로스미디어 출판사 2022년)

이터를 타고 1층에 내렸다. 로비로 나오니 밤새 퍼붓던 비가 그쳐 있었다. 하지만 여전히 시커멓게 낀 먹구름은 언제든 다시 장대비를 쏟을 준비가 되어 있어 보였다.

정문 계단 앞에 낡은 회색 소나타가 서 있었다. 조수석 창문이 열리고 운전석에 앉은 오 형사가 조수석 쪽으로 목을 내밀어 반갑게 인사했다.

"루다 보살님. 오랜만입니다."

각진 턱에 언제 깎았는지 모를 턱수염이 듬성한 오 형사는 예전 그대로였다. 나는 빙긋이 웃음 짓고 가볍게 목례했다. 계단을 내려가자 오 형사가 차 안에서 팔을 뻗어 차 문을 열어 주었다. 조수석 안전벨트를 맬 때까지 기다리던 오 형사는 '찰칵'거리는 클립 소리와 함께 곧바로 차를 출발시켰다.

"미모는 여전하네요. 하하. 지금도 바쁘시죠?"

오 형사의 말에 입가의 미소를 손으로 가리고 고개를 끄덕였다.

"별말씀을……. 요즘도 눈코 뜰 새 없이 바쁘네요."

"복사한 부적이 효험이 있었으면 한결 편하실 텐데 매번 이렇게 다니시려면 힘들겠어요. 하하."

너털웃음을 짓는 오 형사의 말에 슬며시 쓴웃음을 지었다.

솔직히 힘들다. 하지만 영력을 가진 무당이 직접 써야만 효력을 발휘하는 부적이기에 지금의 부를 거머쥘 수 있었다. 그러니 힘들다고 불평할 수만은 없다. '월식의 밤' 이후 급조된 무당협회는 무당 1인이 생산하는 부적 개수와 신규 유입 무당의 인력 관리, 나날이 늘어가는 사이비 무당 색출에 온 신경을 쏟고 있었다.

인사치레 이후로 차 안에 침묵이 흘렀다. 곁눈질로 오 형사를 바라보니 미간을 찌푸린 채 운전에 집중하고 있었다. 사건을 생각하는 걸까. 어색한 분위기를 깨고자 내가 먼저 말을 걸었다.

"저……, 이번엔 무슨 사건인가요?"

내 물음에 오 형사는 정면에서 시선을 떼지 않고 기계적으로 답했다.

"이름 박의천. 나이 24. 천안고등학교를 중퇴하고 식자재를 배달하는 일을 하는데, 오늘 아침 탑차 적재함 안에서 사망한 채로 발견됐어요. 일단 정확한 사인은 부검 결과가 나와야 하겠지만 외견상으로는 심장마비입니다."

보통 일반인에게는 가르쳐 주지 않을 정보다. 하지만 미궁에 빠졌던 사건을 해결한 나를 인정해서일까. 오 형사는 거침없이 이번 사건에 대해 이야기했다.

"어머 나이도 어린데 심장마비라니……, 쯧쯧쯧."

차가 붉은 신호등 앞에서 정차하자 그제야 오 형사는 고개를 돌려 나를 바라봤다.

"인근 학교 급식소에 배달할 식자재를 받으러 가는 길이었습니다. 출발 전 고가도로 아래 주차된 탑차 내부를 정리하던 중 사망한 것으로 보입니다. 출근길 같은 곳에 주차한 트레일러 운전수가 탑차 주위를 부유하는 유령과 문이 열린 적재함 안에 쓰러져 있는 박의천을 보고 신고를 했다네요."

"아……."

안타까운 일이긴 하나 그것이 그 사람의 명운이 아니겠는가.

신호가 바뀌어 소나타가 엔진음을 높여 달리기 시작했다. 차는 어느덧 도심의 2차선 도로를 벗어나 외곽 4차선 산업도로에 진입했다. 차 안에는 다시 어색한 침묵이 내려앉았다. 하지만 이번에는 목적지까지 조용히 가기로 마음먹었다.

멍하니 차창 밖을 보고 있는데 멀리서 다가오는 가로수에 눈길이 갔다.

가드레일 밖으로 줄지은 가로수 중 새카맣게 탄 가로수 하나가 흉물스럽게 앙상한 뼈대를 드러내고 있었다. 그 가로수를 투명 아크릴 차단벽이 빙 둘러싸고 있었는데 아크릴 벽 안쪽으로 적어도 열 명 이상의 영혼들이 즐비해 있었다. 한눈에 영혼임을 알아챌 수 있었던 건 영혼을 수시로 보는 직업무당 때문이기도 했지만 모여 있는 영혼들의 투명도가 낮아져 영혼 뒤의 숲이 훤히 보였기 때문이다.

'저 정도면 한 달쯤 됐으려나.'

속으로 사망시점을 세고 있는데, 내 시선을 눈치챈 오 형사가 간만에 입을 뗐다.

"한 달 전에 이 도로에서 교통사고로 열네 명이 사망했습니다."

"아…….."

나는 고개를 끄덕이며 차창 밖 가로수를 주시했다. 정말로 부적이 붙은 차단벽 아래로 망자를 기리는 꽃다발과 눌어붙은 초들이 빽빽이 놓여 있었다. 머릿속으로 대형 사고 뉴스를 떠올렸지만 딱히 떠오르는 것이 없었다. 하긴 정신없이 바쁜 와중에 뉴스를 언제 봤는지 기억나지도 않았다.

"사고가 굉장히 크게 났나 보네요."

오 형사의 미간에 주름이 잡혔다.

"딱 퇴근 시간대였습니다. 퇴근하는 직장인과 하교하는 학생들을 실은 버스가 1차선으로 달리고 있었죠. 그런데 마주 오던 포르쉐가 갑자기 중앙선을 침범해 버스 차선으로 넘어온 겁니다. 놀란 버스 기사는 핸들을 틀었고 가까스로 포르쉐는 피했지만 대신 가로수를 정면으로 들이받았어요."

버스 타이어가 아스팔트 지면을 미끄러지는 소리가 귓가에 들리는 듯했다.

오 형사가 가볍게 고개를 저으며 이어서 말했다.

"운이 없었다고 할까요. 가로수를 들이박은 충격 때문인지 전기버스 천장에 설치된 배터리가 폭발했습니다. 추돌 충격으로 정신이 없던 승객들은 머리 위에서 솟구치는 불꽃에 속수무책으로 당할 수밖에 없었죠. 아시는지 모르겠지만 전기차 배터리에 불이 붙으면 눈 깜빡할 사이에 엄청난 고온의 화재가 발생합니다. 결국 한 명도 탈출하지 못하고 버스 기사를 포함한 승객 모두가 화재로 목숨을 잃었어요."

나도 모르게 마른침을 꿀꺽 삼켰다. 머릿속에서 당시의 끔찍한 상황이 그려졌다. 새카맣게 그을린 가로수는 그날의 참상을 지켜보았으리라.

"참사군요……. 그런데 포르쉐는 왜 중앙차선을 넘은 거죠?"

내 물음에 오 형사는 깊은 한숨을 쉬었다.

"현재 불구속 수사 중인데 운전자는 졸음운전이라고 주장하는 중입니다."

"네? 열네 명이 사망했는데 불구속 수사인가요?"

오 형사가 고개를 돌려 나를 보며 쓴웃음을 지었다.

"저희 관할이 아니라서 저도 전해 들은 이야기지만, 사고 직후 포르쉐 운전자가 바로 119에 신고를 했다네요. 동승자와 함께 버스 안에 있던 승객들을 구조하려는 시도도 했다고 합니다. 물론 화재가 난 후로는 영혼이 된 버스 승객이 악귀가 되어 포르쉐 운전자를 해하는 2차 피해를 막기 위해 구급대원들이 포르쉐 운전자와 동승자를 현장에서 분리 조치 했다더군요. 무엇보다 어마어마한 공탁금을 걸었고 도주 위험이 없다고 판단해서 불구속으로 수사하게 됐답니다."

오 형사가 단둘뿐인 차 안에서 목소리를 낮췄다.

"사실 차주 아버지가 천안시에 유명한 유지라더군요."

"그래도 그렇지……, 동승자도 있는데 졸음이라고요?"

"네. 관할 서에서는 그 점을 의심하고 있더군요. 차 안에는 3명이 타고 있었습니다. 친구 사이라더군요. 고등학교 때부터 지역에서 유명한 망나니로 소문났답니다. 더구나 운전자를 제외한 동승자 2명에게서 음주 반응이

나왔습니다. 차 안에는 마시다 만 캔 맥주도 발견됐어요. 그런데 포르쉐를 몬 운전자는 차주가 아니었어요. 차주는 조수석에 타고 있었죠. 운전자는 면허를 취득한 지 얼마 되지 않은 상태였어요."

"경찰은 조수석에 타고 있던 차주의 음주운전을 의심하는 거군요."

"맞습니다. 한번 생각해 보세요. 보살님이라면 수억짜리 포르쉐를 면허 딴 지 한 달도 안 된 생초보에게 맡기겠어요?"

"저라면 안 맡기죠. 호호."

"사고 직전 주점을 나서는 3명이 찍힌 CCTV를 확인했는데 정작 차가 주차된 도로에는 CCTV가 없었습니다. 누가 운전을 했는지 확인할 방법이 없어요. 벌써 서로 입을 맞췄는지 진술도 일치하고요. 이대로라면 사고를 유발한 3명은 가벼운 처벌로 끝날 겁니다."

말을 마친 오 형사가 다시 깊은 한숨을 내쉬었다. 오 형사의 답답한 심정이 이해됐지만 달리 덧붙일 말이 없었다. 대꾸할 말을 생각하던 중 차가 멈췄다.

오 형사가 승용차의 시동을 끄고 말했다.

"자, 루다 보살님, 다 왔습니다."

오 형사를 따라 차 문을 열고 나오니 그동안 오 형사와 함께 현장에서 보았던 익숙한 풍경이 펼쳐졌다.

고가도로 바로 아래 주차된 탑차 주변으로 과수대 요원들이 차량 주변을 조사 중이었다. 사건이 벌어진 탑차 말고도 트레일러나 화물차들이 더러 주차돼 있었다. 주차비를 아끼기 위해 고가 아래 불법주차 한 차들인 듯싶었다. 경찰과 과수대 외에 구경 나온 주민들은 없었다. 아무래도 인가에서 동떨어진 곳이라 그렇겠거니 싶었다. 그때, 등에 '과학수사대'라 적힌 조끼를 입은 남자와 이야기를 하던 오 형사가 나를 향해 뛰어왔다.

"아직 조사가 완료되진 않았지만 일단 망자 영혼이 차 밖으로 나오지 않도록 작업 부탁드립니다."

마침 탑차 적재함 왼쪽 벽으로 멍한 표정의 망자 머리가 불쑥 튀어나왔다. 인적이 드물긴 하지만 망자의 영혼을 탑차 안에 가두는 작업이 필요했다. 나는 발걸음을 떼며 준비해 온 부적과 버드나무 가지를 꺼내 들었다. 경찰과 과수대원들이 탑차에서 멀찍이 물러나 나를 지켜봤다. 나는 낮게 주문을 읊조리며 탑차 주변을 천천히 돌았다.

통상적으로 운전석 쪽은 부적을 붙여 놓는다. 운전 중 도로 위의 영혼이 운전석 안으로 관통하는 것을 방지하기 위해서이다. 하지만 적재함은 대개 부적을 붙여 놓지 않는다. 따라서 적재함의 사면과 천장에 부적을 붙이면 작업은 끝이었다. 약간의 쇼맨십은 무당업계에서 암묵적인 룰이었다. 적재함 면적을 보며 부적 수량을 계산했다. 이 정도면 각 면에 한 장씩이면 충분했다.

화물칸 전면 중앙에 부적을 붙였다. 그리고 튀어나온 망자의 머리를 버드나무 가지를 휘둘러 적재함 안으로 몰았다. 버드나무의 강한 생명력은 귀신과 상극이었다. 죽은 곳 주위를 맴도는 망자를 한두 걸음 움직일 수 있는 건 버드나무 가지가 주효했다. 망자를 몰아넣고 적재함 측벽에 부적을 붙인 뒤, 탑차의 뒤편으로 돌아섰다.

활짝 열린 오른쪽 문 사이로 보이는 적재함 내부는 어두컴컴했다. 시신은 이미 치워진 뒤인지 흐릿한 망자만이 내부를 부유하고 있었다. 망자의 모습 뒤로 층층이 쌓인 감자 박스가 흐릿하게 비쳐 보였다. 멍한 얼굴로 부적이 붙은 차 벽과 벽 사이를 오가는 망자를 보면서 한순간 위화감이 일었다. 하지만 위화감의 정체가 무엇인지는 쉬이 떠오르지 않았다.

"커피 냄새가 코를 찌르죠?"

고개를 돌리니 오 형사가 서 있었다. 차 앞에서 머뭇거리는 이유를 커피 때문이라 생각한 것일까. 그제야 적재함에서 시멘트 바닥까지 까맣게 흘러내린 커피 자국이 눈에 들어왔다.

"뭐 별건 아닙니다만. 시신의 얼굴과 목, 가슴 주변으로 화상을 입었더군요."

"화상이요?"

오 형사의 말을 그대로 되묻자 오 형사는 화물칸으로 시선을 돌렸다.

"보온병에 담긴 뜨거운 커피가 박의천의 얼굴과 상의를 적셨고 엎어진 보온병에서 나온 커피가 적재함 문밖까지 흘러나와 있었어요. 보온병에 있던 커피를 마시려던 박의천이 심장의 격통으로 보온병을 놓친 게 아닌가 싶습니다."

화물칸 내부에 번쩍이는 저것이 보온병이구나.

진한 커피 향을 들이마시며 닫혀 있는 왼쪽 문에 마지막 부적을 붙였다. 오른쪽 문이 열려 있지만 닫힌 왼쪽 문에 붙은 부적의 영력으로 망자는 문밖으로 나올 수 없을 것이다. 마무리 주문을 외우고 오 형사를 향해 돌아섰다.

"끝났습니다."

두 손을 모아 합장하자 오 형사도 공손히 허리 숙여 합장했다.

"수고하셨습니다."

집까지 데려다준다는 오 형사의 제안을 거절하고 콜택시를 불렀다.

돌아가는 택시 안에서 가만히 눈을 감고 생각에 잠겼다.

탑차 밖까지 진동하던 진한 커피 냄새, 어둠 속에서 흐릿하게 부유하던 망자의 모습, 알 수 없던 위화감…….

문득 눈을 떠보니 차선 반대편으로 검게 탄 가로수를 지나고 있었다.

빠르게 멀어져 가는 가로수 사이로 투명 차단벽 앞에서 망연히 망자를 바라보는 노부인의 모습이 스쳐 갔다.

*

어둠 속에서 빗방울이 떨어진다.

가슴속의 울분이 씻긴다. 역시 하늘은 이 울분을 알아주는구나.

세찬 바람에 실린 빗방울이 얼굴을 때린다.

하늘을 찌를 듯 높이 솟은 건물들을 둘러봐도 불이 켜진 곳이 얼마 없다.

시선을 난간 아래로 내렸다.

창밖으로 새어 나오는 불빛 하나가 비 오는 어둠을 밝

히고 있다.

히키코모리 새끼. 자, 이제 네놈도 단죄의 시간이다.

＊

　다시 오 형사의 전화를 받은 건 탑차 사건으로부터 채 며칠이 지나지 않아서였다.

　해가 뉘엿뉘엿 지는 저녁 무렵 휴대폰 액정에 오 형사의 이름이 떴다. "또 사망사고인가요?"라고 묻자 전화기 너머로 들려오는 오 형사의 목소리가 조금 떨렸다.

　"이번에는 조금 다릅니다. 오시면 설명해 드릴게요."

　뭐라 덧붙이기도 전에 전화가 끊겼다. 무슨 일인지 호기심이 일었다. 마침 영업이 끝난 시간이라 서둘러 채비를 갖추고 오 형사가 문자로 찍어 준 주소로 향했다.

　"이놈에 장마는 대체 언제 끝날까요. 매일같이 비가 오니 길거리에 사람이 없네요."

　또다시 후두둑 떨어지는 빗방울에 택시 앞 유리 와이퍼가 움직일 때마다 신경을 거슬리는 소리가 났다.

　"비가 오면 손님들이 택시를 더 많이 타지 않나요?"

　택시 기사의 넋두리 섞인 말에 가볍게 대꾸하니 기사는 크게 부정했다.

“아니에요. 비가 올 땐 손님이 더 없어요. 요즘 같은 장마철엔 정말 죽겠습니다.”

맞다. 정말로 지겹도록 비가 내린다.

도심지를 벗어난 택시가 아파트가 밀집한 주거지에 들어섰다.

“아이고 뭔 사고가 났나.”

목적지 건물 앞 진입로에 구급차와 경찰차가 서 있었다.

“아. 저 여기서 내릴게요. 감사합니다.”

서둘러 요금을 지불하고 택시에서 내렸다. 조금씩 내리던 비는 그쳐 있었다. 인도에 우산을 쓰고 둘러선 사람들을 지나자 정복 경찰이 나를 막아섰다. 나는 익숙하게 오 형사의 이름을 대고 신당 명함을 건넸다. 명함과 나를 위아래로 번갈아 훑은 경찰은 따라오라는 턱짓을 했다. 그렇게 붉은색 벽돌이 박힌 건물 안으로 들어섰다. 마침 로비에 서 있던 오 형사가 나를 알아보고 다가왔다.

“오셨군요. 일단 따라오시죠.”

나는 영문도 모른 채 오 형사가 잡아 준 엘리베이터에 올라탔다. 오 형사는 5층 버튼을 눌렀다. 버튼 옆에 붙은 스티커를 보니 1층은 상가, 2층부터 5층까지는 주거 용인 주상복합 건물이었다.

"5층에서 사건이 발생했나요?"

등에 진 봇짐을 벗어 조여진 끈을 풀며 물었다. 오 형사는 이마에 송글송글 맺힌 땀을 훔치며 예의 피해자 브리핑을 시작했다.

"이름은 최승식. 나이 24살. 천안고를 중퇴하고 몇 년째 부모에게 얹혀살던 백수라고 하더군요. 이웃의 말을 그대로 빌리자면 부모 등골을 빼먹는 버러지라던가……."

오 형사의 말에 탑차 사건이 스쳐 갔다. 탑차에서 죽은 박의천과 같은 고등학교에 같은 나이인가. 잠시 생각에 잠긴 사이 5층에 도착한 엘리베이터 문이 스르륵 열렸다. 오 형사가 열림 버튼을 누른 채 나를 바라봤다. 나는 서둘러 엘리베이터 밖으로 나왔다.

출입문은 하나였다. 5층 전체가 주거용인 듯했다. 오 형사를 따라 라텍스 장갑과 덧신을 신고 현관을 지났다. 거실의 중저가 브랜드 소파와 40인치 TV. 평범한 중산층 집의 전형적인 모습이었다. 오 형사가 거실 오른쪽 방을 향해 턱짓을 했다.

저기인가.

나는 조금 전 엘리베이터에서 끄른 봇짐에 손을 넣어 부적 뭉치를 찾았다. 그때 등 뒤에서 오 형사의 목소리가 들렸다.

"루다 보살님. 부적은 필요 없어요."

"네?"

고개를 돌려 반문했지만 오 형사는 대답 대신 손바닥을 방 쪽으로 향했다.

나는 봇짐을 다시 등에 메고 문이 활짝 열린 방 안으로 천천히 발걸음을 옮겼다. 방에 들어서자마자 담배 절은 냄새와 퀴퀴한 노총각 냄새가 뒤섞여 코를 찔렀다. 방바닥은 온통 술병과 꽁초들로 어지러워 발 디딜 곳을 찾아야 했다. 오른쪽 커다란 통창 아래 컴퓨터 책상이 있었고 책상 위 모니터에는 우락부락한 게임 캐릭터가 제 키만 한 검을 들고 서 있었다. 책상에서 조금 떨어진 방바닥에 바퀴 달린 의자가 넘어져 있었고 바로 옆에 주인 없는 헤드폰이 나뒹굴고 있었다. 시신은 이미 이동했는지 쓰러진 의자 옆 방바닥에 사람의 실루엣 모양으로 붙은 하얀색 테이프가 붙어 있었다.

상황으로만 본다면 한창 PC 게임 중 신변에 변화가 생긴 것으로 보였다.

"이 방이 최승식의 방입니다. 사망 추정 시각은 새벽 3시경. 사인은 심장마비입니다. 시신은 지인의 장례식장에 다녀온 최승식의 부모가 오늘 오후 2시에 귀가 후 발견하여 신고했습니다. 일단 최승식 부모의 알리바이는 확인했어요. 아무래도 정황상 새벽까지 게임을 하다가 심정지가 온 것 같은데……. 잠시 이것 좀 봐 주시죠.”

오 형사가 사진 몇 장을 건넸다. 사진을 보자마자 얼굴이 일그러졌다. 사진 속에는 최승식의 발견 당시 모습이 자세히 찍혀 있었다. 쓰러진 의자에 다리를 걸치고 천장을 바라보는 최승식의 얼굴은 고통으로 일그러진 채 굳어 있었다. 그리고 바로 다음 사진. 최승식의 가슴이 찍힌 사진에서 나도 모르게 숨을 삼켰다.

왼쪽 유두 아래 골프공만 한 붉은 반점. 그리고 시신 위를 부유하고 있어야 할 망자가 없는 텅 빈 방.

“이 사람…… 망자에게 당했군요.”

내가 오 형사를 바라보자 오 형사가 천천히 고개를 끄덕였다.

“네. 부모가 발견 당시 최승식의 시신 외에 영혼은 없었다고 합니다. 심정지, 가슴에 남은 화상으로 보아 망자에게 당한 게 분명하죠.”

나는 고개를 갸우뚱거렸다.

“그럼, 간밤에 이 방에서 귀신 살인이 일어났다는 말인가요? 이 남자의 방이니 계속 여기에서 지냈을 텐데 그렇다면 이 남자를 죽인 피해자 시신도 있었나요?”

오 형사가 고개를 가로저으며 말했다.

"이 방뿐만 아니라 건물 전체를 샅샅이 조사했지만 49일 전후로 이 건물에서 사람이 죽어 나간 적이 없었습니다."

"혹시 다른 곳에서 망자에게 살해당한 후 누군가가 여기로 시신을 옮겨 온 건 아닐까요?"

"아니요. 과수대가 시신 상태를 확인해 봤는데 시신이 이동한 흔적이 없었다고 합니다."

나는 다시 사진 속 화상자국으로 시선을 떨어뜨렸다.

"그, 그럴 리가요. 1년 동안 이제껏 여러 시신과 망자를 보아 왔지만 이런 경우는 처음인데요…….."

"그래서 보살님을 모셔 온 겁니다. 보살님은 혹시 아실까 싶어서요."

오 형사의 부담스러운 눈빛을 보자 머릿속이 복잡해졌다. 망자의 법칙에 변수가 생긴 걸까. 그저 평범한 무당인 내가 뭘 알겠는가. 생각에 잠긴 사이 오 형사의 시선이 뒤통수에 꽂혔다. 멍하니 서 있을 수는 없었다. 일단 내가 할 수 있는 것을 해 보자는 마음으로 어질러진 방 안을 살펴봤다. 방 안쪽 외벽으로 향하는 벽면 가운데에 부적이 붙어 있었다. 자세히 살펴보니 부적을 쓴 무당의 인증이 담긴 정식 부적이었다.

"이 부적은 확인해 보셨죠?"

"네. 집 안의 사면, 각 방 안쪽으로 부적이 붙어 있는 것을 확인했어요. 물론 각 방과 거실 바닥에도 확인했습니다. 부적 역시 공인받은 무당이 그린 것을 확인했습니다."

"혹시 여기 5층 위에 옥탑방이 따로 있나요?"

"아뇨. 이 집이 마지막 층입니다. 위로는 옥상밖에 없어요."

나는 관자놀이에 손가락을 얹고 잠시 생각에 잠겼다.

영혼은 상하 구분이 없다. 방바닥에 있던 영혼이 아래층 천장으로 거꾸로 매달려 나타나는 경우가 종종 있었다. 하지만 이 집에는 해당되지 않았다.

"혹시…… 천장에 부적이 있나요?"

"아뇨, 천장에는 없었어요. 방금 말씀드렸지만 옥상에는 사람이 살지 않아요. 목격자인 부모 말로는 굳이 돈을 들여 천장에 부적을 붙이지는 않았다고 합니다."

문득 어떤 가능성이 떠올랐지만 구체적이지 않은 막연한 생각이었다.

"옥상을 잠시 볼 수 있을까요?"

오 형사의 얼굴에 의아한 표정이 스쳐 갔지만 곧장 나를 옥상으로 안내했다. 집 밖으로 나와 복도 계단을 올라가니 옥상으로 통하는 철문이 나왔다. 오 형사가 라텍스 장갑을 낀 손으로 철문 손잡이를 돌리며 말했다.

"이 철문은 안에서 잠겨 있었습니다. 지문 역시 최승식의 어머니 지문밖에는 없었어요."

활짝 열린 철문 밖으로 나오니 고층 아파트 사이로 저물어 가는 태양이 오렌지빛으로 물들어 있었다. 저 태양이 구름 사이로 숨어들면 바로 붉은 만월이 모습을 드러내리라.

해가 지는 중이기도 했지만, 그와는 별개로 초록색 옥상 절반이 그늘져 있었다. 건물에 인접한 아파트에서 드리운 그늘이었다. 나는 고개를 들어 건물을 향해 쓰러질 듯 서 있는 아파트를 천천히 올려다봤다. 확실히 저 아파트 옥상에서라면 충분히 이쪽으로 넘어올 수도 있을 것 같았다. 하지만 설령 그렇다 해도 옥상 문이 안에서 잠겨 있어 건물 안으로 침입할 수는 없었을 것이다.

나는 홀로 고개를 절레절레 흔들고 폭우로 물웅덩이가 진 옥상 바닥으로 시선을 돌렸다. 그리고 얼마 안 가 바닥에 떨어진 작은 돌멩이 하나를 조심스레 집어 들었다.

"뭔가 단서가 될 만한 게 있나요?"

오 형사가 호기심 어린 목소리로 물었다.

"조약돌이요."

"네?"

오 형사의 말을 무시하고 손에 든 돌을 살폈다. 어디

서든 볼 수 있는 흔한 조약돌이었다. 다만, 양쪽 면의 색깔이 서로 달랐다. 아래쪽 면이 검게 채색돼 있었다.

"응?"

"조약돌에 뭐가 있습니까?"

내 반응을 본 오 형사가 되물었다.

나는 조약돌을 다시 봤다. 조약돌의 검은 면에서 노란 점을 본 듯했지만 빠르게 물기가 번지고 있는 돌은 번들거려서인지 더욱더 검은빛을 발산했다.

"아, 아녜요. 아무것도 아닙니다."

피곤한 나머지 헛것을 보았나 보다. 나는 두 손가락으로 눈 안쪽을 지그시 누른 뒤 오 형사에게 이어서 물었다.

"혹시 제가 서 있는 이곳 아래가 사망한 최승식 씨 방인가요?"

잠시 생각하던 오 형사가 고개를 주억거렸다.

이때까지만 해도 이 조약돌의 정체가 무엇인지 전혀 알 수가 없었다.

얼마 뒤, 별다른 성과 없이 건물을 나섰다. 오 형사에게는 좀 더 조사해 보겠다고 말했지만 사실 어디에서 뭘 어떻게 조사해야 할지 막막했다. 오 형사의 기대 가득한 눈빛을 피하기 위해 되는 대로 얼버무렸다는 게 맞는 말일 것이다. 조사 내내 계속 마음을 잡아끄는 뭔가가 있었지만 그것이 무엇인지 나조차 답답할 정도로 실체화되지 않았다.

집으로 돌아온 나는 싱숭생숭한 마음에 일찍 자리에 누웠다. 꿈속으로 도망치고 싶었다.

하지만 눈을 감자마자 울리는 전화벨 소리에 다시 자리에서 일어났다. 또 오 형사. 대체 내게 왜 이러는가 싶어 참을 인 자 세 번을 외우고 전화를 받았다. 그리고 전화기 너머로 들려오는 오 형사의 말에 나도 모르게 휴대폰을 쥔 손에 힘이 들어갔다.

머릿속이 더욱 복잡해졌다. 꼬박 뜬눈으로 밤을 새우고 날이 새자마자 바로 콜택시를 불렀다.

"3번 국도에서 원성천을 지나 시 외곽으로 빠지는 고속화도로로 가 주세요."

뚜렷한 목적지 없이 고속화도로로 가달라는 말에 운전사가 의아한 표정을 지었지만 택시는 출발했다.

창밖으로 빠르게 스쳐 가는 빌딩 숲을 바라보며 지난밤 오 형사의 말을 곱씹었다.

'보살님 밤늦게 죄송합니다.'

내가 미처 대답하기도 전에 오 형사의 말이 쏟아져 나왔다.

'탑차 적재함에서 사망한 박의천과 귀신에게 사망한

최승식은 친구 사이였습니다. 그리고 이 둘은 그 왜 기억하시죠? 시 외곽 고속화도로 전기버스 화재 사고요. 열네 명이 죽어 간…….'

그렇다고 대답하자 오 형사가 빠르게 말을 이었다.

'포르쉐에 타고 있던 두 명으로 확인됐습니다. 탑차는 자연사로 처리되어 확인이 늦어졌는데 최승식 사건을 조사하면서 두 사람의 연결고리가 드러났어요.'

내가 기억을 더듬으며 물었다.

'포르쉐에 세 명이 탔다고 하시지 않았나요?'

'맞아요. 교통사고 당시 박의천은 뒷좌석에 있었다고 주장했고, 운전을 했다고 주장한 사람이 바로 최승식입니다. 포르쉐의 차주이자 조수석에 타고 있던 이수민은 자택에 무사히 있는 것을 확인했어요.'

무사히 있다라…….

"지금 형사님은 박의천과 최승식의 사망에 인위적인 요소가 있음을 의심하는 건가요? 최승식은 귀신 살인이지만 미심쩍은 부분이 있다고 인정합니다. 하지만 탑차에 있던 박의천은 심장마비로 인한 자연사였잖아요."

전화기 너머 오 형사가 머뭇거렸다.

'네…… 그렇긴 한데. 뭐랄까. 형사의 감이랄까요. 솔직히 느낌이 쌔 합니다. 평소 지병 없이 건강했던 24살

박의천의 사인이 심장마비라는 것이나, 바로 이어서 최
승식이 사망한 것이나. 아무래도 의심을 지울 수가 없어
요.'

　공교롭지만 나 역시 오 형사의 불안을 어느 정도 공감
하고 있었다.

　'아, 밤늦게 죄송합니다. 혹시라도 최승식 귀신 살인
사건을 조사하시는 데 도움이 될까 싶어 전화드렸어요.
피곤하실 텐데 어서 주무세요.'

　말없이 생각에 잠긴 내가 언짢은 것으로 오해한 오 형
사는 서둘러 사과하고 전화를 끊었다.

　"손님. 3번 도로에서 고속화도로로는 탔는데요. 이제 어
디로 모실까요?"

　택시 운전사의 말에 어젯밤 통화에서 현실로 돌아왔다.

　"이대로 한 10분 정도 가시면 버스가 가로수를 들이받
고 크게 화재가 난 사고 장소가 나오거든요. 죄송한데
그리로 가 주세요."

　"아, 거기……. 알겠습니다."

　운전사는 잘 아는 장소인 듯 재빨리 대답한 뒤 뒷좌석
의 나를 흘끔 쳐다봤다. 언뜻 무언가 말하고 싶은 눈치
였지만 내가 고개를 창밖으로 돌리자 단념하고 운전에
집중했다.

솔직히 운전사를 신경 쓸 겨를이 없었다. 나는 나대로 밀려드는 생각에 골머리가 아팠다. 하지만 현장에 가면 흐릿한 안개처럼 복잡한 머릿속이 씻은 듯이 개일 거라는 확신이 있었다. 이제껏 내 마음속에 걸렸던 위화감의 정체를 비로소 확인할 수 있을 것 같았다.

"손님 다 왔습니다. 여기서는 택시 잡기도 힘드실 텐데……. 짧게 참배하시려면 제가 잠시 기다려드리고요."

운전사의 말에 작게 고개를 끄덕였다. 운전사가 나를 흘낏거리는 눈빛의 의미는 이거였구나. 나를 버스 사고 피해자의 가족으로 알고 있었던 것이리라.

사고 현장을 꼼꼼히 살펴본 나는 확신했다. 이제껏 부적을 붙여 온 행위. 그리고 망자의 법칙들. 감자 박스와 조약돌. 그리고 노란 점. 순간순간 들었던 모든 위화감이 또렷이 설명됐다.

나는 곧바로 휴대폰을 꺼내 들고 최근 통화 목록에서 오 형사의 이름을 지그시 눌렀다.

*

이제 마지막 한 놈이다.

앞선 두 놈과 달리 이놈만은 다른 방법이 없다. 내가

직접 나서는 수밖에…….

오히려 잘됐다. 이놈이 가장 악질이니 내가 직접 단죄하는 것이 구천을 떠도는 녀석의 원한을 푸는 데 가장 좋은 일일 것이다.

이 녀석도 앞선 놈과 마찬가지로 집에서 두문불출하는 중이다. 재판 때문에 몸을 사리고 있는 거겠지. 교활한 자식 같으니.

나는 제복을 갖춰 입고 출입문을 주시했다. 이제껏 한복만 입어 오다가 제복을 입으니 맞지 않는 옷을 입은 듯 어딘가 어색하고 불편했다. 때마침 택배 기사가 들어가는 틈을 타 문이 닫히기 전 아슬아슬하게 로비 출입문을 통과했다.

17층. 놈이 살고 있는 집이다. 가정부가 퇴근하는 것을 확인했으니 집 안에는 놈밖에 없을 것이다.

나는 현관문 앞에서 천천히 심호흡을 했다. 두 놈이나 단죄했지만 여전히 심장이 터질 듯 고동친다. 떨리는 손으로 초인종 버튼을 눌렀다. 현관문 안으로 클래식 음악이 흘러나왔다. 잠시 기다린 뒤, 한 번 더 초인종을 누르고 마음을 가다듬었다. 뒤이어 인터폰에서 짜증 섞인 목소리가 들렸다.

"누구야?"

나는 인터폰 카메라를 향해 꾸벅 인사하고 내내 연습했던 말을 했다.

"안녕하세요. 경비실에서 나왔습니다. 아랫집 거실에서 물이 샌다는 민원이 들어와서요. 위층 화장실이나 싱크대 수도 배관을 점검해야 할 것 같습니다. 잠시 협조 부탁드립니다."

"아이 씨발. 귀찮게……."

놈은 내가 듣고 있다는 걸 알면서도 거친 욕설을 뱉어냈다. 연신 투덜거리는 소리에 이어 현관문의 잠금장치가 철컥 풀리는 소리가 났다. 나는 현관문을 열고 천천히 집 안으로 들어갔다. 신발을 벗고 거실에 들어서니 소파에 앉아 TV를 보는 놈의 뒤통수가 보였다. TV에 시선을 고정한 녀석은 이렇게 말했다.

"화장실이든 부엌이든 빨리 보고 나가요."

놈의 뒤통수를 보고 있자니 다시금 불같은 분노가 치밀었다. 가까스로 진정했던 심장이 다시 펄떡펄떡 뛰었다. 심장의 고동 소리가 귓가에 들리는 것만 같았다.

오히려 잘됐다. 이대로 지옥으로 꺼져 버려라.

나는 슬며시 바지 주머니에 넣어 온 그것을 잡아 꺼냈다. 그리고 그것의 끝을 양손으로 틀어쥔 순간.

왼쪽 방문이 벌컥 열리고 안에서 처음 보는 낯선 남자

둘이 뛰쳐나왔다.

"꼼짝 마! 장철수. 너를 박의천, 최승식 살인과 이수민 살인미수로 체포한다."

*

장철수는 깜짝 놀란 듯 잠시 멍하니 서 있다가 어깨를 흔들며 웃음을 터트렸다.

"뭔가 오해하신 것 아닌가요? 전 이 건물의 관리자로 아래층 민원 때문에 방문한 것뿐입니다."

오 형사와 김 형사는 장철수를 향한 테이저건을 풀지 않았다.

"큭큭큭큭. 뻥 치지 마, 새끼야. 너 같은 관리인은 이 건물에 없거든. 이 건물이 우리 아버지 거란 건 알고는 있냐?"

이수민이었다. 그의 손에는 얼굴이 프린트된 건물 관리인 명단이 들려 있었다. 장철수는 잠시 멈칫했지만 형사를 향해 목청을 높였다.

"무슨 말도 안 되는 소리입니까. 내가 사람을 죽이다뇨. 친구에게 장난을 치려고 했는데 집을 잘못 찾아 들어온 것 같네요. 끽해야 무단 침입 죄 정도가 성립되는 거 아닌가요?”

오 형사가 손가락을 쭉 뻗어 변명하는 장철수의 손을 가리켰다.

“지금 네가 들고 있는 그거. 그건 뭐지? 부적 아닌가?”

장철수가 서둘러 손에 들고 있던 종이를 등 뒤로 감췄다.

“아, 이건 그냥 부적일 뿐입니다. 이깟 걸로 뭘 어쩌겠습니까.”

어색하게 웃음 짓는 장철수를 오 형사가 쏘아붙였다.

“더 이상 거짓말할 생각은 그만둬. 네 놈의 방법은 이미 다 간파했으니까.”

이제껏 존대를 하던 장철수가 안면을 바꾸고 오 형사를 노려봤다.

“간파는 무슨 간파. 내가 뭘 어쨌다는 건데? 이거 무고한 시민을 이렇게 살인자로 몰아도 되는 거야? 어!”

오 형사와 장철수가 언성을 높이는 사이 김 형사는 장철수의 뒤로 돌아 유일한 도주로인 현관문을 막아섰다. 오 형사는 개의치 않고 말했다.

“오호라. 이렇게 발뺌하시겠다? 그렇다면 내가 당신의 죄를 조목조목 따져 주지. 이수민의 집에 위장 침입한 만큼 박의천, 최승식을 모른다고 할 수는 없을 거야.”

에어컨으로 냉방 중인 거실에서 장철수의 이마에 땀방울이 맺히기 시작했다. 오 형사는 장철수를 똑바로 바라보며 말을 이었다.

"우선 5층 자기 방에서 사망한 최승식부터 시작하지. 넌 최승식의 방 바로 위, 옥상을 통해 귀신 살인을 저질렀어."

장철수가 코웃음을 쳤다.

"뭔 개소리야? 뭘 어떻게 해야 귀신 살인을 할 수 있는 건데?"

"이제부터 그 '어떻게'를 알려 주지. 최승식의 방 바로 위 옥상에서 조약돌 하나를 발견했어. 장마철이 시작되기 한 달 전에 옥상 방수공사를 한 옥상이야. 녹색 방수용액으로 뒤덮인 옥상에서 조약돌 하나는 유독 눈에 띄더군. 더군다나 한쪽 면이 검게 채색된 돌은 더욱 옥상에 있을 만한 돌이 아니었어."

오 형사는 장철수의 표정을 주시하며 말을 이었다.

"조사해 보니 조약돌의 검은 부분은 화재로 인한 고온 때문에 검게 타 버린 재가 묻었다는 걸 확인했지. 그 돌이 있던 곳은 당신도 잘 알겠지만, 지난달 고속화도로에서 벌어진 버스 화재 사고가 있던 가로수 아래 있던 돌이라는 걸 확인했어."

장철수는 마른침을 꿀꺽 삼켰다. 오 형사는 틈을 주지 않고 밀어붙였다.

"당신이 버스 화재 사고로 사망한 장창수 학생의 친형이라는 건 이미 파악했어. 그래서 이런 일련의 복수를 계획했다는 것도 말이야."

장철수가 두 눈을 부릅뜨고 말했다.

"그래 내가 어이없이 죽어 간 장창수의 형은 맞아. 그건 인정하지. 그런데 사고 현장에 있던 돌멩이 하나로 사람을 죽인다고? 정말 그렇게 생각하는 거야? 당신 미친 거 아냐?"

장철수가 손가락으로 자신의 옆머리를 빙글빙글 돌렸다.

"자네 천안시에서 박수무당으로 활동하더군. 무당협회에 정식 등록된 무당인데다가 우연인지 모르겠지만 버스 사고 전 최승식의 집에 직접 부적도 부쳤더군."

"변죽은 그만 울리고 정확히 말을 해. 내가 어째서 살인자인지를."

장철수의 목덜미에 굵은 핏대가 돋아났다.

"자 이제부터 당신의 살인을 낱낱들이 밝혀 주지."

오 형사가 피식 웃더니 주머니에서 노란색 작은 상자를 꺼냈다.

"자 이게 뭐로 보이나."

오 형사는 대답을 바라고 물은 게 아닌지 곧바로 스스로 대답했다.

"부적으로 만든 상자야. 이제껏 부적으로 망자를 막아 낼 생각만 했지 가둔다는 생각은 해 본 적이 없었는데……."

오 형사가 손바닥 위의 종이 상자를 장철수에게 들이밀었다.

"당신이 바로 그 생각을 시도한 거야. 그것도 살인에 말이야."

표정이 급격히 어두워지는 장철수를 보며 오 형사가 다시 입을 열었다.

"망자의 법칙에 자신을 죽음에 이르게 한 원수를 죽인 뒤 성불하는 법칙. 당신은 그걸 이용했어. 망자 한 명당 원수 한 명. 당신은 최승식을 죽이기 위해 사고 현장을 부유하는 영혼을 부적 상자에 가두기로 마음먹었어. 방법은 영혼을 감쌀 수 있을 정도로 커다란 부적의 각 사면과 윗면을 빈틈없이 이어 붙이고 영혼의 머리부터 통째로 부적을 씌우는 거야. 그리고 마지막으로 다리 없이 떠 있는 바닥 면까지 부적으로 밀봉하면 부적 상자 안에 영혼을 가둘 수가 있는 거지. 물론 연기처럼 실체가

없는 영혼은 무게감이 없기 때문에 커다란 부적을 몇 번
이고 접는 것만으로 쉽게 이동이 가능했을 거야. 참고로
내가 말한 영혼 이동은 잘 아는 보살님께 부탁해 직접 테
스트했던 사항이라는 걸 명심해.”

오 형사는 잠시 숨을 돌리고 계속했다.

“자 다시 최승식 살인으로 가 보자고. 당신은 최승식
이 있는 건물과 인접한 아파트에서 최승식을 감시했을
거야. 물론 살인 방법도 건물 옥상을 내려다보며 떠올렸
겠지. 여기서 사고 현장의 조약돌이 쓰인 거지. 아파트
옥상에서 망자를 담은 부적 상자를 떨어트릴 때 부적 상
자가 바람에 날리는 것을 막기 위한 무게 추 역할이었던
거야. 화재 현장에서 영혼을 가둬야 했기에 현장에 있던
그을린 조약돌을 바닥 부적에 올린 뒤 망자와 함께 밀봉
한 거야.”

오 형사가 눈빛을 빛냈다.

“당신은 비가 내리던 새벽녘에 범행을 저질렀어. 그럴
수밖에 없었겠지. 당신이 옥상으로 던진 부적이 물에 흔
적도 없이 사라지는 녹는 종이였으니까. 부적 상자가 빗
물에 녹는 순간 갇혀 있던 망자가 풀려나고 온라인 PC
게임에 정신이 팔려 있던 최승식은 순식간에 천장에 거
꾸로 선 망자의 손에 죽임을 당했어. 바로 그 때문에 사

망자가 없던 현장에 최승식의 시신만 남아 있던 거야. 처음 옥상에서 조약돌을 찾아냈을 때 미처 물이 닿지 않은 부분에 아직 녹지 않은 노란 종잇조각을 발견했다네. 눈 깜빡할 새에 녹아 버리는 바람에 잘못 본 줄 알았는데, 진상을 알고 나니 잘못 본 게 아니었던 거야. 당신의 최근 거래 내역을 뒤져 보면 분명 물에 녹는 '노란색' 종이를 샀던 내역이 있을 거야. 어때, 내 말이 틀린가?"

장철수는 정곡을 찔린 듯 눈동자가 흔들렸다.

"박, 박의천은? 그것도 내가 한 짓이라 말할 건가?"

"물론. 탑차 적재함에서 죽은 박의천 역시 당신 짓이라 확신하고 있어."

오 형사의 확신에 찬 말에 장철수가 움찔했다.

"기본적인 방법은 최승식과 같아. 새벽녘 적재함에 들어간 박의천의 차에 다가가 버스 화재로 사망한 영혼이 담긴 부적을 찢으면 풀려난 영혼이 원수인 박의천을 살해하는 거야."

오 형사가 곧게 편 검지손가락을 좌우로 흔들었다.

"그런데 여기서 꼼수를 부렸더군. 귀신 살인 후에 박의천과 꼭 닮은 영혼을 풀어놓은 거야. 난 이렇게 추측하고 있어. 아마도 전국으로 출장을 다니면서 박의천과 꼭 닮은 영혼을 발견했을 거야. 그 닮은 영혼의 발견이

이 연쇄살인을 계획한 시초였을 거라 생각하네. 첫 살인을 자연사로 꾸민 뒤 두 번째 살인을 영혼의 법칙에서 어긋나게 만들어 수사에 혼란을 초래하고 마지막으로 이수민을 직접 처리하려는 플랜이었겠지.”

장철수의 어깨가 가늘게 떨렸다. 오 형사는 거침없이 몰아붙였다.

“어쨌든 당신은 사망한 박의천의 옷을 모두 벗기고 주워 온 영혼과 같은 옷을 입힌 뒤, 보온병에 든 뜨거운 커피를 얼굴부터 가슴까지 부었어. 이유는 잘 알겠지만 주워 온 다른 영혼과 얼굴을 구별하기 힘들게 만들려는 의도와 가장 중요한 귀신 살인의 흔적인 가슴의 화상자국을 덮으려는 속셈이었을 거야. 하지만 영혼을 통제하기 위해 현장을 찾은 보살님께 덜미를 잡혀 버렸어. 보살님이 그러더군. 영혼을 보자마자 위화감이 들었다고. 방금 시신과 분리된 영혼이라기엔 영혼 뒤의 감자 박스가 너무 명확히 보이더라는 거야. 그래서 조사해 보니 화물칸의 영혼과 피해자 박의천이 입고 있는 옷의 브랜드가 달랐어. 옷 색깔은 맞췄지만 브랜드까진 미처 생각지 못했겠지.”

오 형사가 손을 뻗어 장철수를 지목했다.

“자, 내 추론을 뒷받침하는 증거로 버스 사고 현장에

당신 동생 장창수를 포함해 열한 명의 영혼이 남아 있는 것을 확인했어. 이제 당신의 살인은 모두 드러났어. 더 이상의 부인은 무의미해. 이래도 발뺌할 셈인가.”

오 형사가 말하는 내내 가늘게 떨리던 장철수의 어깨가 비로소 멈췄다. 장철수는 음울한 얼굴로 천천히 입을 뗐다.

“저 새끼들 때문에 우리 집은 매일매일이 초상집이야. 왜 인간쓰레기들 때문에 화목했던 우리 집이 지옥이 되어야 하지? 창수는 사회복지사가 꿈이었어. 약자를 보호하고 봉사하는 창수가 죽지 않았다면 아마 수많은 사람들을 도왔을 거야.”

장철수가 떨리는 손가락으로 이마를 쓸어 올렸다.

“지옥 같은 집에서 빠져나오고 싶었어. 아무리 먼 곳에서 온 의뢰라도 마다 않고 나갔지. 그리고 만났어. 박의천과 꼭 닮은 영혼을 말야.”

장철수가 눈빛을 빛냈다.

“결코 우연이라고 생각하지 않아. 내가 모시는 신이 내게 인간쓰레기들을 처리하라고 내린 계시라고 믿었어.”

“큭큭큭큭. 근데 이거 어쩌나 나만 살아 버렸네.”

이수민이 참지 못하고 고개 숙인 장철수를 조롱했다.

순간 장철수가 고개를 번쩍 들고 소리쳤다.

"이대로 끝날 순 없어. 창수의 억울함은 내가 풀어 줄 거야!"

장철수가 재빨리 등 뒤로 숨긴 부적 상자를 찢어 이수민에게 던졌다. 순간 부적이 찢긴 틈 사이로 연기처럼 풀려나온 영혼이 이내 사람의 실체를 갖추었다. 영혼은 이수민을 보자마자 붉은 안광을 뿜으며 악귀로 돌변하여 두 팔을 뻗고 날아들었다.

그동안 숱하게 들어 왔지만 실체를 보는 건 처음이었다. 오 형사는 악귀의 얼굴을 보는 순간 등골에 소름이 돋아 움직일 수가 없었다. 그건 이수민도 마찬가지인 듯 소파에 서 있는 그대로 얼어붙어 있었다. 하지만 어째서인지 악귀는 이수민에게 다가가지 못하고 허공을 맴돌았다.

"큭큭큭…… 하하하하핫!"

신경을 거스르는 이수민의 웃음소리가 거실을 뒤흔들었다. 이수민이 주먹으로 허공을 치자 탕탕거리는 둔탁한 소리가 났다.

"이거 어쩌나. 당신이 찾아올 줄 알고 미리 부적을 붙인 강화유리 속에 있었다고. 큭큭큭. 이건 몰랐지?"

장철수의 얼굴이 치솟는 분노로 금세 붉으락푸르락해

졌다. 그 모습을 보는 이수민이 참을 수 없는 듯 비웃으며 거칠게 유리를 두드렸다.

"이수민 씨. 이제 그만 자극하십시오. 장철수. 이제 그만 단념해. 우리와 함께 가세."

오 형사가 수갑을 꺼내며 장철수를 향해 한 발짝 다가섰다. 장철수도 모든 것을 체념한 듯 고개를 숙였다. 바로 그때였다.

찌직. 찌지직.

난데없는 소리에 거실에 있던 모두가 고개를 돌렸다.

"히이이이익!"

잔뜩 겁에 질린 이수민과 이수민을 감싸고 있던 강화유리에 거미줄처럼 금이 가고 있었다. 이수민은 슬슬 뒷걸음질 치다 제 발에 걸려 넘어져 주저앉아 버렸다.

"살, 살려줘. 이거 왜 이래. 빨리 어떻게 좀 해 봐아아악!"

한계 출력을 넘어섰는지 강화유리 밖 소파 아래 숨겨진 스피커에서 이수민이 내지르는 절규가 괴상하게 찢어졌다.

오 형사가 미처 손쓸 새도 없이 강화유리가 '펑' 소리를 내며 산산조각 나 버렸다. 방해막이 사라지자 이수민을 향해 날아든 악귀가 이수민의 가슴 속으로 오른손을 밀어 넣었다. 이어서 이수민의 고통의 단말마가 거실에 울려 펴졌다.

비명은 그리 오래가지 않았다. 눈동자가 하늘 위로 말려 올라간 이수민은 거실 바닥에 힘없이 쓰러졌다. 시신에서 분리된 영혼은 화재 사고의 악귀와 함께 하늘 위로 흩어져 버렸다.

모든 것이 순식간에 일어난 일이었다. 오 형사와 김 형사는 할 말을 잃었다.

"강화유리 제작 중 종종 불순물이 들어가면 자파 현상이 일어난다더니……."

김 형사가 나지막이 중얼거렸다.

오 형사도 들어 본 적이 있었다. 이따금 강화유리가 아무런 외부 충격 없이 갑자기 저절로 깨져 버리는 현상이 일어나곤 한다는……. 그렇지만 타이밍이 너무 완벽했다. 하필이면 이 순간에.

마치 악귀의 원한이 유리를 깨부수기라도 한 것처럼…….

오 형사의 등골에 오소소 소름이 돋았다.

"하. 하하. 하하하하. 천벌이다. 천벌. 큭큭큭큭."

거실에는 목적을 이룬 장철수의 서늘한 웃음만이 오래도록 가득했다.

나는 형사들에게 연행되어 가는 장철수를 지켜보고 있었다.

"결국 이수민 역시 망령의 살의를 피해 가지는 못했어요."

어느새 다가온 오 형사가 내게 말했다. 나는 말없이 고개를 끄덕였다. 어쩐지 그렇게 결착될 것 같은 예감이 있었다.

"그런데 모든 공을 제게 돌려도 괜찮겠습니까? 언론에 보도되면 지금보다 더 유명해지실 텐데."

그건 딱 질색이었다. 이미 살의는 넘치도록 맞닥뜨리고 있었다.

"충분해요. 충분해."

나는 조용히 속삭였다.

殺　　意　　　　　特　　殊

팔각관의 살의

등장인물

– 박순찬 회장

– 회장의 아내 강현숙

– 큰아들 박일준

– 둘째 아들 박이준

– 셋째 딸 박세희

– 넷째 아들(혼외자) 박사준

– 혼외 아들 박사준의 장남 박두준

– 둘째 아들 박이준의 장녀 박여진

– 하녀

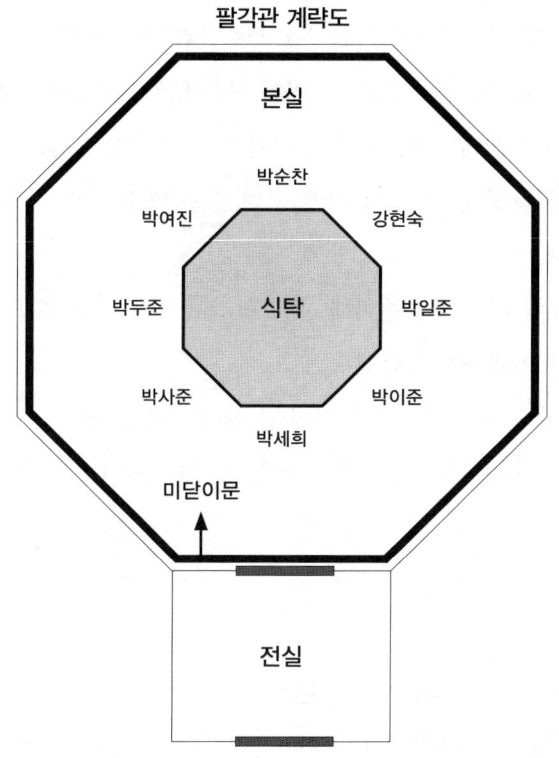

모두가 깊이 잠든 시각, 어둠이 짙게 내리깔린 건물은 온통 적막감이 감돌았다.

한순간 현관문이 열리며 쏟아진 빛줄기가 어둠을 밝혔지만 이내 전실은 다시 어둠 속으로 침잠했다. 이윽고 텅 빈 전실에 사람 그림자 하나가 어른거렸다.

그림자는 성큼성큼 전실을 가로질러 한쪽 벽면 끝으로 향했다. 그림자가 다다른 곳은 붉은 LED가 점점이 켜진 화재 수신기였다. 화재 수신기의 도어를 열자 붉은색, 푸른색 전선들이 복잡하게 얽혀 있는 PCB 기판이 드러났다.

그림자는 미리 준비해 온 소형 회로판을 꺼내 PCB 기판에 연결하기 시작했다.

"이제 당신 목숨은 당신의 말 한마디에 달렸어……."

음침한 웃음소리가 잠시 잠깐 전실의 적막을 거둬 냈다.

*

천안시 근교의 어느 깊은 산골.

일반인은 근처조차 갈 수 없는 십만 평의 사유지에 비밀스러운 대저택이 숨어 있었다. 바로 대한민국을 이끌어 가는 재계 서열 1위 순찬그룹 박순찬 회장의 비밀 별장이다.

산속을 가로지르는 구불구불한 도로를 달려 보안이 삼엄한 게이트를 지나 나무가 늘어선 진입로를 따라 올라가고 나서야 비로소 회장의 별장에 닿을 수가 있었다. 끝을 모르는 드넓은 정원을 가득 메운 정원수와 연못 사이로 전 세계에서 공수한 최고급 재료로 지은 3층 규모의 대저택은 1년에 서너 번만 머물기에는 아까울 정도로 웅장한 위용을 자랑했다.

그 저택 옆으로 용도를 알 수 없는 이질적인 건물이 있었으니. 박순찬 회장이 가장 애정하는 팔각관이다.

출입구가 있는 전실을 제외하고는 이름 그대로 여덟 개의 벽이 팔각을 이루며 천장까지 이어지는 완벽한 대칭구조이다. 팔각 본실에는 외부와 통하는 창문이 없으며 격자 미닫이문으로 둘러싸여 있어 안에서는 방향을 구분할 수가 없는 기묘한 건축물이었다.

가구 또한 범상치 않다. 본실 한가운데 자리한 팔각 식탁이 팔각 벽의 꼭짓점과 정확한 대칭을 이루고 있고 각각의 여덟 면에 여덟 개의 원목 의자가 배치되어 있다. 팔각 식탁 위에 놓인 팔각 접시와 팔각 컵 등, 팔각에 대한 박순찬 회장의 집착은 기괴하기까지 하다.

박순찬 회장만의 프라이빗한 공간으로 이용되는 이곳에도 1년에 단 하루는 사람들로 북적인다.

바로 박순찬 회장의 생일인 4월 10일. 가족들과의 저녁 만찬이 이 팔각관에서 열리는 것이다. 박순찬 회장의 75번째 생일을 맞아 흰색 프릴이 달린 메이드복을 차려입은 하녀는 만찬 준비에 여념이 없었다.

회장의 만찬은 코스요리를 디저트로 시작하듯 그만의 순서가 있었다. 특히 생일 만찬 같은 격식 있는 자리에서는 더욱 순서에 집착했다. 회장은 메인 디시가 나오기 전 간단한 다과(달달한 간식을 좋아하는 회장의 취향에 맞는)와 함께 최고급 샴페인으로 건배를 한 뒤 식사를 시작하는 독특한 습관이 있었다.

하녀는 박순찬 회장 일가가 팔각관에 입실하기 전 건배 준비를 위해 서둘러 전실의 와인 냉장고에서 최고급 샴페인 돔 페리뇽을 꺼냈다. 서빙 카트 위에 놓인 여덟 개의 팔각 잔에 차례로 돔 페리뇽을 따르던 하녀는 일곱 번째 잔에서 샴페인을 모두 소진했다. 다시 와인 냉장고에서 새로운 돔 페리뇽을 꺼낸 하녀는 능숙하게 코르크 뚜껑을 따고 마지막 여덟 번째 글라스에 샴페인을 채웠다.

여덟 개의 잔 속에서 갓 따른 샴페인의 기포가 청량한 소리를 내며 터졌다.

하녀가 서빙 카트를 끌고 본실로 이동하여 건배 준비를 끝내자 때마침 박순찬 회장을 필두로 아내 강현숙과 4명의 자식들(박일준, 박이준, 박세희, 박사준), 그리고 손주들(박두준, 박여진)이 팔각관에 입장했다. 대저택에서 바로 이동한 듯한 일가는 모두 가벼운 옷차림이었다.

위엄 있는 팔자걸음으로 서빙 카트 위 샴페인 잔의 스

템을 가볍게 잡는 박순찬 회장을 필두로 휴대폰에 정신을 쏟으며 잔을 잡은 박여진, 한복 옷고름을 누른 채 잔을 잡는 강현숙 여사, 잡담을 나누는 박이준과 박세희 남매, 은테 안경을 고쳐 쓰며 잔을 잡는 박일준, 그리고 그 뒤를 따르는 넷째 아들 박사준과 마지막으로 입실하여 여덟 번째 잔을 잡는 손자 박두준까지. 각자 샴페인 잔을 고른 회장 일가는 팔각 식탁으로 이동했다.

팔각 식탁의 배석 또한 철저한 나이순이다. 출입구에서 제일 먼 좌석에 박순찬 회장을 기준으로 오른쪽으로 아내와 자식들, 그리고 손주들 순으로 배석했다. 일가의 배석을 확인한 하녀는 서빙 카트를 끌고 본실을 퇴장했다. 샴페인을 곁들인 간식 타임 이후 식사를 위한 호출이 있기 전까지는 전실에서 대기해야 했다.

격자 미닫이문이 닫히고 빛나는 팔각 샹들리에 아래 일가가 모여 앉았다. 비로소 생일 건배사를 위한 준비가 끝난 것이다.

박순찬 회장의 헛기침을 신호로 큰아들 박일준이 자신의 잔을 들고 자리에서 일어섰다.

"회장님의 혜안으로 캐슬 자동차 인수를 체결하고 드디어 순찬의 엔진을 달아 출시한 캐슬러로 국내 자동차 매출 1위를 달성했습니다."

박일준은 박순찬 회장을 향해 잔을 들어 올렸다.

"모두가 회장님, 아니, 아버님의 미래를 내다보는 안목 덕분입니다. 새로운 순찬의 역사를 일궈 낸 아버님의 75번째 생신을 축하드립니다. 모두 잔을 들고 건배합시다."

일가 모두가 잔을 들어 올리고 크게 외쳤다.

"건배!"

이어서 각자의 샴페인을 입가로 가져가려던 순간. 고막을 때리는 소방 벨 소리에 식탁에 있던 모두가 일순간 얼음처럼 굳어 버렸다.

"불, 불이라고?"

"아, 아버님 어서 자리를 피하셔야……."

"진정하세요, 형님. 아직 상황 파악을 해야……."

"어서 관을 나가요."

난데없는 벨 소리에 본실은 아수라장이 됐다. 첫째 아들 박일준과 처 강현숙 여사는 박순찬 회장을 의자에서 일으켰고 다른 사람들도 식탁을 벗어나 서둘러 출입구를 향해 가고 있었다. 그때 거짓말같이 소방 벨이 멈췄다. 출입구로 향하던 일가가 상황을 파악하는 사이 문밖으로 하녀의 외침이 들려왔다.

"죄, 죄송합니다. 소방 감지기가 잠시 오동작한 것 같아요.”

셋째 딸 박세희가 날카롭게 외쳤다.

“정말 확실한 거지? 아니, 가족 만찬에 이게 무슨 일이야!”

문밖의 하녀는 어쩔 줄 몰라 하며 답했다.

“죄송합니다. 집사를 통해 오동작을 확인했어요. 정말로 죄송합니다……..”

잠자코 있던 회장이 부드럽게 말했다.

“쟈 탓이 아닌데 왜 쟈한테 뭐라 하나? 됐다. 자리로 돌아가자.”

아들의 부축을 받아 다시 자리로 돌아가는 회장을 따라 남은 가족들도 이동했다. 식탁에 가깝던 박여진이 그 새를 못 참고 서둘러 자리에 앉아 휴대폰에 정신을 쏟았다. 박이준은 딸의 모습을 보며 못 말린다는 듯 고개를 내저었다. 이어서 박두준과 박사준 그리고 박이준이 착석. 박세희가 하녀를 씹으며 자리에 앉은 뒤. 회장을 자리에 앉힌 박일준과 강현숙 여사가 마지막으로 의자에 착석했다.

어수선한 분위기를 바로잡고자 박일준이 다시 잔을 들고 회장을 향해 건배를 선창했다. 일가 모두가 박일준을 따라 후창한 뒤, 시원한 샴페인으로 놀란 가슴을 눌러 내렸다. 건배 이후 가족은 담소를 나누며 식탁 중앙 팔각 접시에 놓인 설탕 맛밤을 직접 집게로 집어 본인의 앞접시에 덜어 먹었다. 설탕 맛밤은 회장의 최애 간식으로 설탕을 녹인 물에 맛밤을 넣어 졸인 정과와 같은 간식이다.

"오늘따라 샴페인이 아주 달구나."

회장이 샴페인을 홀짝이며 만족스러워했다.

"그러게요. 크으."

샴페인을 들이켠 둘째 아들 박이준이 강현숙을 보며 이어 말했다.

"샴페인도 좋은데. 이야아아. 올해 맛밤도 맛이 끝내주네요. 어머님이 직접 만드신 거죠?"

둘째 박이준의 칭찬에 강현숙의 입꼬리가 눈에 띄게 올라갔다. 강현숙은 맛밤을 오물거리며 화답했다.

"어젯밤에 만들었단다. 애미가 만든 간식을 맛있게 먹어 주니 기분이 좋구나."

"할머니 맛밤 최고!"

손녀 박여진이 머리칼을 쓸어 올리며 엄지를 추켜세우자 강현숙도 엄지를 세우며 화답했다. 모두가 맛있게 맛밤을 먹는 외중에 손도 대지 않는 박세희는 샴페인만 홀짝거렸다. 이를 이상하게 여긴 박두준이 물었다.

"고모는 맛밤 안 드세요?"

박세희가 왼쪽 턱을 쓰다듬으며 말했다.

"충치 때문에 고생이거든."

이어서 쓴웃음을 지으며 덧붙였다.

"치과를 가야 하는데…… 내가 치과는 너무 무서워서…… 호호호."

"아. 그렇군요. 데헷."

박두준이 꾸러기 미소를 지으며 고개를 끄덕였다.

"다 큰 어른이 아직도 병원이 무섭니."

넷째 아들 박사준의 핀잔에 가족 모두가 웃음을 터트린 그때였다.

"컥……! 커어어어억!"

모두가 고개를 돌려 한곳을 바라봤다.

회장이 자신의 손으로 목을 부여잡고 있었다. 놀람과 고통으로 일그러진 얼굴은 터질 듯 붉게 부풀어 올랐고 충혈된 눈알은 돌출돼 있었다.

"여보…… 여보 왜 이래요……!"

"아버님, 무슨 일이에요."

"할아버지 괜찮으세요?"

강현숙 여사와 손녀 박여진이 회장을 향해 손을 뻗었다.

회장의 뒤틀린 입가에서 피거품이 주르륵 흘러나왔다. 회장의 동공이 크게 확장됐다.

"우웨에에에엑."

뱃속을 긁어내는 소리에 이어 피가 뒤섞인 샴페인이 식탁과 대리석 바닥을 어지러이 적셨다.

"끄으으으으윽……."

생애 마지막 신음을 토해 낸 회장의 눈동자가 하늘로 말려 올라갔다. 이윽고 회장의 머리가 실이 끊어진 듯 둔탁한 소리를 내며 식탁 위에 내리꽂혔다.

일가는 제자리에서 얼음처럼 굳어 버렸다. 실로 순식간에 벌어진 일이었다.

"꺄아아아악!"

찰나의 정적을 깬 것은 회장의 끔찍한 모습을 바로 옆에서 지켜본 손녀 박여진의 비명이었다. 놀란 가족들이 자리를 박차고 일어서는 순간, 손자 박두준이 두 팔을 벌려 가족들을 막아서고 소리쳤다.

"모두 그대로 멈추세요! 회장님은…… 독살당했습니다."

박두준의 말에 자리를 박차고 뛰어나오려던 모두가 주춤거렸다. 쓰러진 회장을 두고 서로의 눈치를 보는 가족들.

팔각관에 숨 막히는 정적이 내려앉았다.

*

대체 무슨 일이 벌어진 건가.

눈앞의 광경은 꿈인가 현실인가.

큰아들 일준의 건배사에 이어 샴페인을 마시고 맛밤을 씹어 삼켰다. 그 직후 오장육부를 태워 버릴 것 같은 극심한 고통이 몰아쳤다. 이러다 죽을 것 같다고 느낀 순간, 언제 그랬냐는 듯 한순간에 고통이 날아가고 갑자기 눈앞에 유아기부터 지금까지 75년 동안 내가 겪은 모든 일들이 주마등처럼 스쳐 지났다.

주마등 타임을 지나 비로소 눈에 들어온 광경은 또 한 번 나를 충격과 혼란에 빠트렸다. 병실이 아니었다. 팔각관, 나는 여전히 팔각관에 있었다. 그것도 내가 앉아 있던 바로 그 자리 그대로 말이다.

더욱이 이해할 수 없는 건 가족 모두가 내 눈앞에서 얼음처럼 굳어 버렸다는 것이다. 나를 향해 손을 뻗고 있는 손녀 여진이, 왼편에는 아내 현숙 여사가, 자리에서 일어서는 엉거주춤한 자세로 굳어 버린 아들과 딸까지…….

나는 지금 악몽이라도 꾸고 있는 건가.

응?! 무심코 시선을 내리다 깜짝 놀랐다.

피로 물든 식탁 위에 머리를 처박은 이자는 누구인가. 아니, 누구든 상관없다. 그보다 어떻게 의자에 앉은 내 몸과 겹쳐 있을 수 있는 건가. 나는 재빨리 몸을 일으켜 쓰러진 남자와 거리를 두었다. 그리고 쓰러진 남자를 이리저리 살펴보고 경악했다.

나다. 이 사람은…… 다름 아닌 나 자신이었다.

나…… 죽은 거야? 정말?

쓰러진 나를 일으켜 세우려고 어깨에 손을 넣어 봤지만 내 손은 쓰러진 나를 그대로 통과했다. 번번이 이어지는 헛손질에 쓰러진 나를 일으켜 세우려던 건 포기하고 내 몸을 살펴봤다.

이건 뭐지?

가슴 부근에 이상한 실타래를 발견했다. 하얀색 명주실들이 모인 실타래는 명치에서 시작하여 식탁에 쓰러진 육신의 가슴과 이어져 있었다.

어!!!

하얀 실타래를 살피고 있던 와중에 실오라기 하나가 '팅' 하고 끊어져 버렸다. 내가 만지지도 않았는데 말이다. 그 순간 어떤 생각이 뇌리를 스치고 지나갔다.

극심한 고통으로 숨이 끊어지기 직전 육신과 영혼이 유체 이탈로 분리된 것이 아닐까. 그리고 육신과 영혼

을 이어 주는 이 실은 바로 나의 명줄이 아닐까란 생각
말이다.

이 실타래가 전부 끊어지면 목숨을 잃게 되는 건가.

나는 서둘러 가슴의 명주실을 세어 봤다. 조금 전 끊
어진 실을 포함해 타래실은 모두 40가닥이었다. 그리고
현재 남은 실은 39가닥. 눈앞의 가족들은 굳어 있는 게
아니라 아주아주 느리게 움직이고 있다는 사실도 깨달았
다. 지금도 주마등 타임의 연속인 것이다.

이런저런 생각을 하는 사이 두 번째 실 가닥이 끊어졌
다. 한 1분 정도였나. 아무래도 실 하나가 끊어지는 시
간은 대략 현실 세계에서의 1분 정도인 것 같았다. 그렇
다면 이제 내게 남은 시간은 38분이라는 말인가.

모든 상황이 정리되고 나니 오히려 머릿속이 맑아졌
다. 그리고 내가 독살당했다는 것과 범인은 이 자리에
있을 것이라는 확신이 섰다.

결심했다. 범인은 내가 잡는다. 남은 실이 전부 끊어
지기 전까지……

나는 주마등 타임으로 봤던 오늘 아침의 생생한 기억
을 다시 떠올렸다.

*

"들어와라."

이른 아침 서재에서 조간신문을 보던 회장은 문을 두드리는 소리에 고개를 들었다. 문을 열고 들어온 사람은 큰아들 박일준이었다.

"무슨 일이냐?"

"아버지, 드릴 말씀이 있어 찾아왔습니다."

회장은 다시 신문으로 눈을 돌리고 말했다.

"듣고 있다."

우물쭈물하던 박일준이 검정 뿔테 안경 중앙의 브리지를 중지로 밀어 올리고 어렵사리 입을 뗐다.

"아버지 제 나이도 이제 49입니다. 이제 50이 다 돼 가는데 경영권 승계 작업을 시작해야 되지 않겠습니까?"

신문을 넘기려던 회장의 손이 멈칫했다. 잠시 그대로 있던 회장이 쓰고 있던 돋보기안경을 내려놓고 천천히 박일준을 향해 고개를 들었다. 회장의 얼굴에는 노기가 잔뜩 띄어져 있었다.

"뭐? 경영권 승계? 이제껏 네놈이 나한테 보여 준 게 하나라도 있더냐. 애비 그늘에서 호의호식한 네놈이 순찬그룹을 이끌어 갈 수 있다고 생각하는 게냐!"

회장의 쩌렁쩌렁한 고함에 큰아들 박일준이 저도 모르게 뒷걸음질 쳤다. 회장의 일갈이 이어졌다.

"그딴 말 늘어놓기 전에 당장 나가서 내 앞에 실적을 가져와. 니 실적서를 보고 나서 마저 얘기해 보자고!"

박일준은 혼비백산하여 도망치듯 서재를 나갔다.

조금 뒤에 울리는 노크 소리.

두 번째로 서재를 찾아온 이는 셋째 딸 박세희였다. 박세희는 회장의 책상 앞까지 다가와 콧소리 섞인 목소리로 말했다.

"아버지이이이. 우리 이 서방이요. 어엿한 사업체에서 사장 한번 달아 보는 게 인생의 꿈이라네요."

회장은 박세희의 말에 미동도 없이 신문에 시선을 못 박았다. 박세희는 아랑곳없이 콧소리를 이었다.

"아버지가 이 서방 한 번만 밀어주세요. 아빠 이 서방 위해서 사장 자리 하나 정돈 충분히 만들어 줄 수 있잖아요. 네에에에?"

순간 책상을 내려치는 소리에 깜짝 놀란 박세희가 발라당 뒤로 넘어졌다.

"내가 평소에 머라 했나? 그놈은 사업가로서 틀려먹었다고 안 했나? 평생 니한테 붙잡혀서 시다바리나 하는 놈이 사업은 무슨 사업. 니 우리 집안 다 말아먹으려고 작정했나? 사업? 사장? 내가 죽기 전까지는 그 꼴 절대 못 본다고 했나, 안 했나?"

“아빠아아아아아아아.”

“됐다, 그만 치아라. 당장 썩 꺼지지 못할까! 으이?”

회장의 일갈에 박세희 역시 도망치듯 서재를 빠져나갔다. 한숨을 쉬고 신문을 마저 보던 회장이 다시 고개를 들었다. 이번에는 둘째 아들 박이준이었다.

“넌 또 와?”

짜증 섞인 회장의 목소리에 의아한 박이준이 입을 열었다.

“아버지, 제 말 좀 들어주세요.”

“쓰잘데기없는 소리 할 거면 주둥이 닫고 그만 나가라.”

하지만 박이준은 전혀 개의치 않고 말했다.

“아버지 두준이 놈 때문에 제가 미쳐 버리겠다고요. 그놈이 로나 코인을 저한테 소개시켜 놓고 자기는 뒤로 쏙 빠져서 손해가 이만저만이 아니에요. 이러다 순찬백화점이 두준이 놈한테 넘어가게 생겼어요.”

“두준이가 그 빌어먹을 코인에 투자 안 하면 니 손모가지 잘라 버린다고 했나?”

“아…… 아뇨.”

“그러면 그 코인에 순찬백화점 자금 싹 다 투자하라고 두준이가 시켰나?”

“아…… 아뇨…….”

낯빛이 점점 어두워지던 회장이 책상 위의 책을 박이준에게 냅다 집어 던졌다.

"근데 와 여기 와서 지랄이고 지랄이!"

"아아아아악!"

얼굴로 날아온 책을 정통으로 맞은 박이준이 붉게 상기된 볼을 부여잡고 서재를 빠져나갔다.

다음으로 찾아온 사람은 둘째 아들 박이준의 딸 박여진이었다. 손녀를 본 회장의 표정이 조금은 풀어졌다.

"와? 할배 방에는 무슨 일로 왔나?"

손녀 박여진이 애교를 떨 듯 갈색 생머리를 귀 뒤로 넘기고 두 볼을 부풀리며 말했다.

"할아버지, 시대가 어느 시대인데 정략결혼이 말이 돼요?"

손녀의 말에 웃음기 가득한 회장의 얼굴이 대번 싸늘해졌다.

"그거 말하려고 왔나?"

"할아버지. 우리 오빠 한 번만 만나 주세요. 저랑 같은 연대 출신에 전자공학도로 성과도 올리고 있어요. 자, 이거 좀 봐 주세요."

"뭐어? 우리 오빠?"

박여진이 들고 있던 휴대폰 화면을 회장을 향해 들어

보였다. 화면 속에는 훤칠한 남자가 방송국 마이크 앞에서 인터뷰를 하는 영상이 재생됐다.

'이번 연구 성과를 말씀해 주시죠.'

회장은 귀찮다는 듯이 손을 저었다.

"치아라, 저리 치우라고!"

"할아버지 조금만 더 봐 주세요."

손녀가 휴대폰을 회장의 얼굴 앞으로 들이밀었다.

'……퀴드해쉬는 주변의 물리적인 환경에 숨어 있는 정보를 추출, 새롭게 가치를 창출하는 연구로서 획기적인 위조 방지를……'

"마! 치우라 안 했나!"

회장이 손녀의 손에서 휴대폰을 빼앗아 꺼 버렸다.

"갓난쟁이 때부터 너는 금왕그룹 아들내미하고 결혼할 거라고 약속해 놨다. 펜대 굴리는 그놈하고는 당장 찢어져라. 알았나? 어?"

"흐흑…… 할아버지 너무해!"

손녀는 눈물을 흘리며 서재를 뛰쳐나갔다.

다음으로 서재를 찾은 사람은 혼외로 낳은 넷째 아들 박사준의 아들 박두준이었다.

"두준이 왔나?"

회장의 목소리가 한결 풀려 있었다.

"네, 할아버지."

두준은 트레이드마크인 꾸러기 미소를 지어 보였다.

"와? 할배한테 뭔 할 말 있나?"

"할아버지한테 선전포고하러 왔어요."

"핫핫핫핫! 뭐라꼬? 선전포고?"

두준이 자신만만하게 말했다.

"제가 순찬을 살 거예요. 할어버지에게 경영권을 승계 받지 않을 거예요. 제가 번 돈으로 순찬을 살 겁니다. 이 말씀 드리려고 왔어요."

"그게 뭔 뜻인지 아나?"

두준은 크게 고개를 주억거렸다.

"그래 내, 한번 지켜보마. 그리고 말이다. 니는 절대 아무도 믿지 마라. 이 할애비도 말이다. 알긋나?"

또다시 고개를 주억거린 두준은 꾸벅 인사를 하고 방을 나갔다. 두준이 사라진 문을 보며 회장은 대견한 듯 슬며시 미소를 지었다. 마지막으로 서재를 찾은 이는 아내 강현숙 여사였다. 강현숙은 차 쟁반을 책상 위에 놓으며 말했다.

"선물 들어온 대추차예요. 드셔 보세요. 몸을 따뜻하게 해 주네요."

회장은 아내를 물끄러미 훑고 말했다.

"알랑방구 그만 뀌고 할 말 있으면 해 봐라."

강현숙은 회장의 눈치를 살피며 말을 시작했다.

"이제껏 당신이 하는 일에 뭐라 한 적은 없어요. 그런데 이번만큼은 한마디 해야겠습니다."

회장이 고개를 까딱거렸다. 강현숙이 이어 말했다.

"당신 지금 당신 자리에 누구를 앉히려는지 다 알아요. 두준이죠?"

강현숙은 회장의 대답과 상관없이 흥분하며 언성을 높였다.

"저는요. 절대 그 꼴은 못 봐요. 순찬은 우리 장남 일준이 이어받아야 해요. 알겠어요? 두준이한테 넘어가도록 제가 가만 안 있을 겁니다. 두고 보세요."

할 말을 마친 강현숙은 회장의 말을 기다리지 않고 방을 빠져나갔다.

모두가 나가고 난 적막한 서재 안, 회장의 얼굴에 어두운 그늘이 드리웠다.

*

나는 천천히 고개를 저었다.

혼외자로 경영권 경쟁에서 밀린 뒤 보헤미안으로 살고

있는 넷째 아들 박사준을 제외하고는 모두가 내게 원한을 갖기에 충분했다. 아침의 일을 회상하는 동안 10번째 가닥의 명주실이 끊어졌다. 시간이 얼마 남지 않았다. 빨리 범인을 유추해야 했다. 나는 왼손으로 턱을 쓰다듬었다.

지금부터 추리 타임이다.

그동안 아무도 모르게 봐 왔던 추리소설로 습득한 지식을 내 독살 사건에 쓰게 될 줄이야. 아이러니하지만 온몸의 피가 들끓었다. 추리소설 마니아였던 만큼 일생의 마지막 추리를 정확하게 맞추고 싶었다.

나는 소거법으로 범인을 지목하기로 했다. 소거법은 모든 단서를 샅샅이 검토해 그중 논리적으로 가능하지 않은 가설들을 차례로 배재해 나가는 추리 기법을 말한다. 나는 곰곰이 사건 직전의 일들을 하나하나 되짚기로 했다.

혹시 맛밤?

생각해 보면 맛밤을 삼킨 직후 위장에 극심한 고통을 느꼈었다.

그러고 보니, 맞아…… 박세희, 셋째 딸 세희는 맛밤을 먹지 않았어……

모두가 맛밤을 먹을 때 유일하게 밤을 먹지 않은 박세

희. 순간 참을 수 없는 분노와 함께 주마등 타임으로 봤던 어릴 적 기억의 한 조각이 떠올랐다.

'이거 먹을래?'

'그게 뭐야?'

'밤. 달다.'

'고, 고마워.'

서울에서 전학 온 샌님은 내가 준 것이 밤인 양 입에 넣으려 했다.

'큭큭큭큭. 병신 새끼? 너 그거 먹으면 뒤진다. 킥킥.'

'뭐…… 뭐?'

'하하하하하! 서울 놈들은 싹 다 병신이구만. 먹을 거 안 먹을 거 구분도 못 하네. 큭큭큭.'

시골 출신인 난 밤과 꼭 닮은 칠엽수 열매로 장난을 치곤 했었다. 지금 사람들에겐 칠엽수보다 마로니에 열매로 더 알려져 있는 것 같다만, 열매의 모양이 밤과 닮은 탓에 외지 사람들은 밤으로 혼동하여 식용하는 사례가 종종 있었다. 하지만 칠엽수 열매는 독성이 있다. 식용할 경우 생명이 위험해질 수도 있는 열매였다.

칠엽수 열매 자체의 맛은 쓰지만 달달한 설탕을 입혔다면 충분히 모르고 먹었을 수도 있다. 충치 때문에 맛밤을 먹을 수 없다던 세희. 본인은 칠엽수 열매를 먹지 않기 위한 핑계였을까? 셋째 딸 세희를 제외한 모두가 맛밤을 먹었다. 그렇다면 세희 녀석이 우리 가족 모두를 몰살하려고?

충격과는 별개로 가슴이 두근거렸다. 단번에 범인을 맞출 수도 있다는 생각에 나도 모르게 흥분됐다.

나는 육신의 머리 옆 팔각 앞접시에 다가섰다. 앞접시 위에는 내가 먹다 남긴 맛밤이 놓여 있었다. 설탕물을 입혀 반짝이는 코팅 안으로 이빨 자국이 선명한 밤을 이리저리 살폈다. 하지만 이내 낙담했다. 기억 속의 칠엽수 열매가 아니었다. 내가 알고 있는 밤과 별반 다를 게 없었다.

명주실이 닿을 수 있는 식탁의 반대편 끝까지 모두의 밤을 살폈으나 칠엽수 열매는 어디에도 없었다.

그래, 아무리 설탕물을 입혔다 해도 쓴맛을 감추지는 못했으리라. 가족 중 어느 하나 쓴맛을 느끼지 못했을 리가 없다. 게다가 가족 전부를 몰살하려 했다면 지금쯤 나 말고도 다른 이들이 줄줄이 유체 이탈을 했을 것이다. 맛밤 더미 중 칠엽수 열매 하나를 섞는 것도 말이 되지 않는다. 맛밤은 각자가 집게로 집어 자신의 앞접시에 덜어 먹었다. 러시안룰렛도 아니고 칠엽수 열매를 누가 먹게 될 줄 예상하겠는가.

세희가 묻지 마 살인을 저지를 이유는 없다. 셋째의 충치는 진실이다.

낙담도 잠시. 그사이 4가닥의 실이 또 끊어져 26가닥이 남았다.

나는 서둘러 맛밤을 리스트에서 소거했다.

'그러면…… 그러면…… 그러면…… 뭘까…….'

안절부절못하는 사이 팔각 샴페인 잔이 눈에 들어왔다.

팔각! 그래…… 팔각관을 간과했다.

나를 본격 미스터리의 세계로 빠져들게 만든 첫 소설 『팔각관의 살인사건』. 나는 서둘러 식탁 끝에서 다시 쓰러져 있는 육신 앞으로 돌아왔다. 밤이 아니라 샴페인이다. 샴페인에 독을 탄 것이다. 그리고 독이 든 샴페인을 구분하기 위해 팔각 잔과 비슷한 칠각이나 구각 잔을 이용한 것이리라. 솔직히 잔의 각 수를 눈여겨 세는 사람이 몇이나 되겠는가.

나는 내가 마신 샴페인 잔이 팔각이 아닌 칠각이나 구각이라는 확신으로, 쓰러져 있는 잔의 각을 하나하나 세어봤다.

'하나…… 둘, 셋, 넷, 다섯, 여섯, 일곱…… 여덟. 하아…….'

또다시 낙담했다. 의심의 여지가 없었다. 샴페인 잔의

각은 정확히 팔각이었다.

하긴, 눈속임으로 칠각이나 구각 잔에 독을 타 봤자 서빙 카트 위의 잔들은 무작위로 섞여 있었고 내가 가장 먼저 잔을 잡았으니 팔각이 아닌 다른 잔을 잡는다는 보장은 없다.

'팅.' 고심하는 사이 16번째 가닥의 명주실이 끊어졌다.

이런 젠장. 생각보다 쉽지 않다.

조바심이 온몸을 휘감았다. 나는 팔각 잔을 리스트에서 삭제하고 애써 크게 숨을 들이마셨다 내쉬었다. 그러면서 두 눈을 동그랗게 뜨고 식탁에 쓰러진 나를 바라보고 있는 가족들을 천천히 훑어봤다.

그때 눈에 거슬리는 것이 있었다. 안경, 바로 장남 박일준의 안경이었다.

안경이 바뀌었다. 분명 아침에는 검정 뿔테였는데 지금은 은테다. 장남의 안경까지 신경 쓸 겨를은 없었다. 하지만 지금은 죽음 직후의 주마등 타임으로 기억력이 비약적으로 높아진 상태였다. 오늘 아침뿐만이 아니다. 내 기억 속에서 박일준은 은테 안경을 단 한 번도 쓴 적이 없었다.

순간 또 다른 추리소설이 머릿속을 비집고 올라왔다. 국내 과학 추리소설의 대가로 불리는 윤자영 작가의 작품에서 특수 시약을 묻힌 카드를 구별하기 위해 전용 안경을 썼던 트릭이 불현듯 떠올랐다.

이런 일준 녀석…….

일준 역시 살인의 동기는 충분했다. 나를 죽이고 경영권을 승계하려는 심산이리라.

돔 페리뇽 한 병은 정확히 팔각 잔 일곱 개를 채울 수 있다. 여덟 개의 잔을 채우기 위해선 무조건 돔 페리뇽이 한 병 더 필요했다. 그렇다면 두 번째 돔 페리뇽 병에 미리 독을 넣으면 독이 든 잔은 여덟 번째 잔 하나가 된다. 하녀가 여덟 개의 잔을 채우는 순서만 미리 파악한다면 특수 시약을 묻힌 마지막 여덟 번째 잔을 전용 안경으로 구분할 수 있을 것이다.

나는 걸음을 옮겨 나를 바라보고 있는 일준의 뒤에 섰다. 그리고 등 뒤에서 일준의 안경 너머로 내 육신의 머리 옆에 쓰러져 있는 팔각 샴페인 잔을 바라봤다.

'하아…….'

연이은 낙담. 일준의 안경을 통해 바라본 잔은 어떠한 표식도 없었다. 하긴 일준 역시 독이 든 잔을 구분할 수 있다 쳐도 그 잔을 내가 마시게 할 수 있는 방법이 요원하다. 무작위로 놓인 카트의 잔 중 내가 독이 든 잔을 잡을 확률은 8분의 1. 이 트릭을 깨야 비로소 범인의 윤곽을 잡을 수 있을 것 같았다.

헛발질을 하는 사이 23번째 실 가닥이 끊어졌다. 시간이 속절없이 줄어들고 있다.

내 입에 유독 달았던 샴페인에 뭔가 있었을까?

사고회로가 샴페인의 단맛으로 급변했다.

항상 물처럼 마시던 샴페인이다. 오늘따라 더욱 달게 느껴진 건 그저 기분 탓일까. 혹시 잔 바닥에 독을 넣고 그 위로 맛밤의 설탕물을 떨어트려 굳혔다면……. 샴페인을 따르고 시간이 지나 설탕이 녹아 독이 든 샴페인이 됐다면……. 설탕이 녹아든 탓에 평소보다 더 단맛이 난 것은 아닐까.

설탕 맛밤은 현숙 여사가 직접 준비한 간식 아닌가. 어젯밤 맛밤을 만들면서 미리 독이 든 잔을 만들어 두었을지도 모른다. 잔 밑바닥에 눌어붙은 설탕은 크게 눈여겨보지 않는 한 하녀도 지나쳤을 수 있다.

망할 여편네가 경영권을 두준이에게 승계할까 봐 나를? 하지만 어떻게? 어떻게 독이 든 잔을 내게 줄 수 있었을까.

아! 그러고 보니 잔을 바꿔치기할 시간이 딱 한 번 있었다. 모두의 시선이 한곳에 팔렸던 바로 그 순간. 소방 감지기가 오동작했던 그때 말이다.

분명 나를 포함해 가족 모두가 식탁 위에 잔을 두고 자리를 떠났었다. 바로 그때 독이 든 잔을 바꿔치기한 게 아닐까.

머릿속이 빠르게 회전하기 시작했다.

내가 앉아 있는 자리에서 가장 가까웠던, 내 왼쪽에 앉은 강현숙이 범인이라는 확신이 강해진다.

여편네는 서빙 카트 위에 무작위로 놓여 있던 여덟 개의 잔 중 나와 손녀 박여진에 이어 세 번째로 자신의 잔을 골랐다. 잔에 여편네만 알 수 있는 표식을 해 두고 자신이 독이 든 잔을 잡았을지 모른다. 처음으로 내가 그 잔을 골랐다면 더할 나위가 없었겠지만, 두 번째 순서였던 여진이 독이 든 잔을 잡아도 화재로 대피하는 어수선한 상황에서 충분히 여편네의 손이 닿는 거리였다.

하지만 다시 브레이크가 걸려 버렸다.

내 왼쪽에 앉아 있던 아내 강현숙과 장남 박일준은 소방 벨이 울리자 바로 자리에서 일어서 식탁 밖까지 나를 부축해 주었다. 상황이 종료되고 다시 자리에 앉힐 때까지도 아내와 장남은 나를 부축 중이었다. 내가 모르게 잔을 바꿔치기할 시간적 여유가 없던 것이다. 그리고 내 잔을 다시 세심하게 살펴봤지만 어디에도 다른 잔과 구분될 표식은 없었다.

손녀 박여진도 마찬가지. 내 오른쪽에 앉아 있었지만 내가 부축을 받아 대피하는 과정에서 손녀 역시 자신의 자리를 벗어나는 것을 똑똑히 봤다.

추론에 추론을 거듭하는 사이 팅 소리를 내며 30번째 실 가닥이 끊어졌다. 이제 남은 실은 단 열 가닥뿐. 육신이 없는 영혼임에도 정수리 쪽에서 찌르르한 편두통이 밀려오는 것 같았다.

다시 원점인가…….

피로했다. 아니 의욕이 사라져 버렸다. 이제 곧 죽어 버릴 목숨, 범인은 찾아서 뭘 하겠는가.

나는 터덜터덜 걸어 내 육신이 있는 의자로 돌아왔다. 그리고 팔각 문양으로 조각된 의자 헤드레스트에 손을 얹고 물끄러미 육신을 바라봤다. 왠지 하얗게 새 버린 뒤통수가 처량해 보였다.

어…… 음?

한차례 고개를 젓고 의자의 헤드레스트에서 손을 떼려는데 이질적인 무언가가 눈에 들어왔다. 나는 의자의 헤드레스트로 얼굴을 가까이 가져갔다.

음!

팔각의 헤드레스트 안쪽 홈에 탈색된 머리카락 한 올이 걸려 있는 게 아닌가. 육신의 오른쪽 자리로 머리를 휙 돌렸다. 뻔뻔하게도 깜짝 놀란 표정을 짓고 있는 얼굴을 지나쳐 식탁 위로 시선을 돌렸다.

식탁 위에는 내가 보는 내내 손에서 놓지 않던 휴대폰이 놓여 있었다.

휴대폰을 가득 메운 검정 화면. 하지만 화면이 꺼진 것은 아니었다. 검정 화면의 상단에 플래시를 의미하는 하얀색 번개 표시가 또렷이 보였기 때문이다. 카메라를 사용하는 애플리케이션을 켠 채로 휴대폰의 카메라를 식탁 바닥 면에 내려놓은 것이다.

오전부터 지금까지 겪었던 기억의 소용돌이가 한꺼번에 휘몰아쳤다. 머릿속을 떠돌던 소용돌이가 잦아들 때쯤, 깊숙이 숨어 있던 단어 하나가 명징하게 떠올랐다.

'리퀴드해쉬.'

비로소 이제껏 흩어져 있던 사건의 퍼즐들이 하나하나 맞아떨어졌다.

나는 힘차게 팔을 들어 눈앞에 굳어 있는 범인을 지목했다.

'잡았다. 범인은 바로 너야. 박여진!'

둘째 아들 박이준의 장녀 박여진. 손녀가 범인일 줄이야…….

여진이 저지른 범행의 진상은 이랬다.

여진은 미리 돔 페리뇽 두 번째 병에 독을 타 넣었다. 가족 모두가 생일 만찬을 위해 어제 별장에 왔으니 전실의 와인 냉장고에 독을 타 넣을 시간은 충분했다. 코르크 마개에 주삿바늘로 독을 타 넣었으리라. 이후 팔각관 본실에 내가 가장 먼저 입장하여 서빙 카트 위의 첫 번째 잔을 고른다. 바로 다음 두 번째로 여진이 들어와 독이 든 잔을 고른다. 첫 잔에 내가 독이 든 잔을 고른다면 이후의 플랜은 실행할 필요 없이 나는 독을 마시고 죽을 것이다. 내가 독이 든 잔을 고르지 않았을 때를 대비해 여진이 두 번째로 입장하여 독이 든 잔을 고른 것이다.

이후 장남 박일준의 건배사에 이어 샴페인을 마시려 할 때, 소방 감지기를 오작동시켜 벨이 울리게 만든다. 이 역시 여진이 계속 들고 있던 휴대폰으로 원격 조작했으리라 생각된다. 화재가 난 줄 알았던 가족은 앉았던 자리를 떠나 출입문을 향해 대피한다. 이때 경보는 종료되고 가족은 다시 제자리를 찾아 앉는다. 물론. 그렇게 보이게 만든 것이다.

모두가 자리를 떠난 뒤 가장 먼저 의자에 앉은 사람이 여진이다. 여진은 원래 자기 자리에 앉은 것이 아니라 여진의 오른쪽 자리 즉, 박두준의 자리를 자신의 자리인 양 앉은 것이다.

팔각의 식탁은 나를 기준으로 시계방향으로 나이순대로 앉는다.

나—강현숙—박일준—박이준—박세희—박사준—박두준—박여진 순이다. 이때 독이 든 잔을 자신의 자리에 놓은 박여진이 다시 자리에 앉을 때 두준의 자리에 앉음으로써 한 자리씩 밀려 앉게 되고 나는 여진의 자리에 앉아 독을 마시게 되는 것이다.

이런 황당한 좌석 혼동이 가능한 이유는 화재경보로 가족의 정신을 쏙 빼 논 탓도 있지만, 이곳이 바로 팔각관이기 때문이다. 창문 하나 없고, 미닫이문 또한 벽과 동일하게 생겨 그 문이 닫힌 순간 본실에서는 방향을 전혀 알 수가 없다.

모든 것이 정확히 대칭되기 때문이다.

어설프게 잔 바꿔치기를 시도하다가 가족에게 발각될 리스크를 다른 의자에 앉는 방법으로 해결하다니. 실소가 터져 나왔다. 팔각에 대한 집착으로 죽음을 맞은 것이다. 이 무슨 운명의 장난이란 말인가.

나는 상념에서 벗어나 다시 사건을 되짚어 봤다. 여진이 자리를 옮겼다는 사실은 내 의자의 헤드레스트에 낀 갈색 머리카락을 보고 알아챘다. 가족 중 염색 생머리는 박여진뿐. 자리를 바꾸기 전 처음 의자에 앉았을 당시에 떨어진 머리카락이 헤드레스트에 낀 것이리라.

이제 남은 문제는 여진이 어떻게 독이 든 잔을 골라냈냐는 것이다.

일단 범인을 여진으로 좁히고 나니 해결의 실마리가 보이는 듯했다. 아마도 평소의 나였다면 절대로 살인 방법을 찾아내지 못했을 것이다. 하지만 지금은 비약적인 기억력과 논리력이 상승돼 있는 주마등 타임이 아닌가. 이 문제의 힌트는 여진이 내게 보여 준 애인의 인터뷰에 있었다.

'……퀴드해쉬. ……퀴드해쉬. ……퀴드해쉬.'

애인이 언급했던 그 단어가 마음에 걸렸다. 언젠가 들어 봤던 것 같은 낯익은 느낌이랄까. 그리고 굳이 오래전 기억을 떠올리지 않아도 내가 듣지 못한 단어가 무엇인지 손쉽게 유추할 수 있었다. 영어 단어 '리퀴드'에서 앞 글자를 흘려 넘기고 '퀴드'만 들었던 것이다.

그렇다. '리퀴드해쉬' 여진의 애인 놈이 인터뷰에서 언급한 단어는 바로 '리퀴드해쉬'였다.

이어서 머릿속에서는 '주변의 물리적인 환경에 숨어 있는 정보를 추출, 새롭게 가치를 창출하는 연구, 획기적인 위조 방지를 위한 기술'이라던 놈의 설명이 '리퀴드해쉬’와 연결됐다.

액체 형태, 혹은 액상을 뜻하는 ‘Lquid’와 데이터의 무결성을 검증하는 IT 용어 ‘Hash’의 합성어. 단순히 단어의 뜻만 연결해도 ‘리퀴드해쉬’가 액체의 무결성을 검증하는 말이라는 것을 알 수 있었다.

‘뿌드득.’

치 떨리는 분노에 이가 갈렸다. 동시에 얼핏 넘겨 버렸던 태블릿 영상 속 자막들이 꿈틀꿈틀 되살아났다.

이로써 모든 게 뚜렷해졌다. 연세대 전기공학과에 다니는 남친 놈이 병을 따지 않고 병 속 술이나 올리브오일, 꿀이 진짜인지 판별하는 기술을 발명했다. 여진은 전문 실험 장비 대신 자신의 스마트폰에 액체의 기포 모양과 움직임으로 액체의 진위 여부를 파악할 수 있는 ‘리퀴드해쉬’ 애플리케이션을 깔아 두었다. 태블릿 속 자막에서는 불순물이 30% 이상 섞일 경우 약 90%의 정확도를 보인다고 했으니 일정 비율 이상 독극물을 섞은 돔 페리뇽 정도는 충분히 판별할 수 있었을 것이다.

여진이 휴대폰에 정신이 팔려 잔을 고른 것은 게임 따위를 한 것이 아니다. 바로 ‘리퀴드해쉬’ 앱을 실행하여 스마트폰 카메라로 독이 든 잔을 구분했던 것이다.

영혼임에도 피가 거꾸로 솟는 것 같았다.

'남자에 눈이 멀어 할애비를 독살하다니……. 이런 망할 계집 같으니라고!'

이제 남은 실은 단 한 가닥. 육신과의 실이 끊어져 저승으로 가기 전 마지막으로 해야 할 일이 남아 있었다.

*

박순찬 회장은 식탁에 쓰러진 채로 즉사했다.

뒤늦게 응급요원들이 들이닥쳤지만 싸늘하게 식은 박순찬 회장의 죽음을 돌이킬 수는 없었다. 응급요원들이 박순찬 회장의 시신을 수습하는 것을 가족 모두가 빙 둘러서서 지켜봤다.

속마음이야 어떻든 모두가 눈물짓고 더러는 오열하는 이도 있었다.

시신을 휴대용 침대에 뉘어 팔각관을 빠져나가는 사이, 회장이 있던 식탁을 살피던 박두준이 눈빛을 빛내며 크게 소리쳤다.

"여, 여기 박순찬 회장님의 다잉 메시지가 있어요!"

두준의 소리에 가족 모두의 시선이 팔각 식탁 위에 쏠렸다.

식탁 위에는 죽어 가는 회장이 마지막 사력을 다해 자

신이 토해 낸 피로 써 내려간 세 글자가 쓰여 있었다.

'2-1'

이를 지켜본 가족 모두의 시선이 단 한 명을 향해 꽂혔다.

"아…… 아니에요. 나, 나 아니에요……."

사색이 된 박여진이 천천히 뒷걸음질 쳤다.

더 이상의 설명은 필요 없었다. 그룹 경영진은 보안 때문에 일가를 이름 대신 코드명으로 표기했다.

박순찬 회장의 둘째 아들(2)의 첫 번째 자녀(1). '2-1'이 바로 박여진을 가리키는 코드임을 가족 중 모르는 사람은 아무도 없었던 것이다.

* 리퀴드해쉬: "카메라로 찍으면 가짜 판별 끝…… 병 따지 않고 위조 찾는다." 2022.08.02. 《동아사이언스》 게재 기사 참고.

殺　　意　　　　特　　殊

죽지 않는 살의

등장인물

- 상남자(남), 30대

- 고스트김(여), 30대

- 딱구리(남), 20대

- 오덜덜(남), 20대

- 화림(여), 20대

- 트리거(남), 40대

- 찰진고양이(여), 20대

- 링링(여), 20대

- 나예민(여), 30대

초장

콧속을 파고드는 두리안 냄새에 저절로 미간이 찌푸려진다.

어디선가 그러더라. 시체 썩는 냄새가 두리안 냄새와 비슷하다고. 좀처럼 이 냄새는 익숙해지지 않는다.

조명 스위치를 올리자 칠흑 같은 컨테이너에 어둠이 걷힌다. 컨테이너를 이어 붙인 조악한 간이 연구소. 복잡한 실험 기구 사이로 손발이 쇠사슬에 결박된 채 미동 없이 서 있는 한 사람. 고개를 푹 숙인 X는 아무런 움직임이 없다. 심지어 호흡마저도.

우리의 시작은 이렇지 않았는데…… 대체 왜 이렇게 돼 버렸을까.

그동안의 일들이 주마등처럼 스쳐 간다.

"크르르르르."

어느새 내 체취를 맡은 X가 코마에서 깨어났나 보다.

"일어났어?"

순간 고개를 쳐든 X가 내게로 손을 뻗는다. 하지만 팔에 묶인 쇠사슬이 팽팽하게 당겨졌을 뿐. 내 털끝조차 닿지 않는다. 먹이를 앞에 둔 맹수처럼 미친 듯 몸부림치는 X를 두고 나는 품 안의 주사기를 꺼낸다. 주사기의 시린지 캡을 벗기고 그대로 X의 목에 바늘을 찔러 넣었다. 또다시 X의 손발에 묶인 쇠사슬이 팽팽하게 당겨진다.

나를 향해 고개를 돌린 X가 입을 벌리고 울부짖는다. 동시에 X가 토해 내는 입김이 방역 마스크를 타고 들어온다. 참을 수 없는 구역감이 치민다. 아무리 나라도 이건 참기 힘들다. 서둘러 피스톤을 눌러 주사기의 약물을 주입했다. 이제 X와 거리를 두고 관찰한다. 사납게 저항하던 X가 잠잠해지기 시작한다.

이번엔 성공? 가슴이 두근거리며 기대감이 차오르기 시작한다.

"크르르르르."

희망도 잠시. X는 다시 이빨을 드러내고 발광하기 시작했다.

"하아."

잠시뿐이지만 기대가 컸던 만큼 실망도 컸다. 나는 다시 컨테이너의 조명을 내리면서 나직이 중얼거렸다.

"기다려. 내가 꼭 원래대로 돌려놓을게. 당신을 위해서라면 난 뭐든지 할 수 있어."

1장

　산기슭을 깎아 만든 임도는 8월의 뙤약볕에 달궈질 대로 달궈져 뜨거운 열기로 가득하다. 그런 좁은 도로를 백색의 카니발이 달려갔다.

　"와. 온난화, 온난화 하더니만. 이렇게 더울 수가 있나. 이러다 타이어 녹는 거 아냐?"

　운전석 남자가 좁은 도로를 따라 거칠게 핸들을 꺾으며 말했다.

　진땀을 흘리며 운전하는 남자의 닉네임은 상남자. 삼십 대 중반으로 밝은 갈색으로 탈색한 머리에 콧등을 가로지른 흉터가 날 티 꽤나 풍기는 인상이다. 입도 험하고 태도도 거칠지만 이번 흉가 체험을 위해 9인승 카니발을 빌려 왔다.

　정말로 흉가 체험에 관심이 있어서일까. 아니면 다른 꿍꿍이가 있는 걸까.

　"상남자 님. 벌써 몇 시간째 운전만 하는데 안 피곤해요? 내가 교대할까?"

　조수석의 여성이 묻자 정면을 응시하던 상남자가 고개를 젓는다.

"고스트김 님 면허 딴 지 얼마 안 됐다면서요. 이제 목적지도 얼마 안 남았는데 내가 계속할게요."

"하긴 이런 가파른 산길은 조금 부담되긴 하네요. 호호호."

가만히 있기에 눈치가 보여 한 말이리라. 억지스러운 웃음을 짓는 조수석 여성은 고스트김이다. 상남자와 마찬가지로 삼십 대 중반에 귀밑으로 내려오는 커트 머리와 다부진 몸매. 폴로 피케 셔츠 아래로 보이는 잔근육이 평소 운동을 즐겨 하는 걸로 보인다. 테니스 동호회에서나 볼 법한 여성이 흉가 체험이라니. 뭔가 어울리지 않는다.

그때 운전석 뒤의 남성이 운전석 헤드레스트에 손을 얹고 말했다.

"그나저나 상남자 님 에어컨 좀 세게 틀어 주시면 안 될까요? 실내가 너무 더워요."

땀으로 이마에 달라붙은 앞머리가 미역 같다. 상기된 얼굴로 연신 손바닥 부채질하는 남자는 닉네임 딱구리다. 이마의 땀을 훔치고 있는 그는 이십 대 초반으로 핏발 선 노란색 눈이 정면에 프린트된 강렬한 티셔츠를 입었지만, 아직 솜털이 뽀송한 애송이로 보인다. 갓 고등학교를 졸업한 대학 새내기랄까. 통통한 체형에 굵은 뿔테 안경이 어리바리한 너드 이미지를 더한다.

딱구리의 옆자리 남자가 상남자 눈치를 보며 속삭였다.

"야야. 지금 이 정도 오르막길에도 차가 골골대는 거 모르겠냐. 에어컨 높였다가 퍼지기라도 하면 우리 모두 엿 되는 거."

딱구리와 말을 놓는 남자는 오덜덜이다. 딱구리와는 동년배인 듯하다. 5대5 가르마에 눈썹까지 오는 앞머리. 우유처럼 뽀얀 피부는 역시 교복을 갓 벗은 티를 못 떨친 풋내기 같다. 아무래도 딱구리와 오덜덜은 이번 체험 이전부터 알고 지내던 사이인 걸로 보인다. 친구끼리 나란히 귀신이라도 보려고 나온 걸까.

3열 좌측에 앉은 이는 화림. 이십 대 초반으로 보이나 속내를 알 수 없는 얼굴은 나이를 가늠하기 힘들다. 다크서클을 연상케 하는 덕지덕지 바른 검정 아이섀도. 회색으로 염색한 단발머리와 눌러쓴 캡 모자. 콧망울에 박힌 피어싱과 쇠사슬로 장식된 펑크룩 미니스커트까지. 흉가 체험보다는 홍대 지하 펑크락 공연장에서나 볼 법한 착장이다.

화림은 출발부터 지금까지 소니 헤드폰을 낀 채 내내 고개를 창가로 돌리고 있다.

아웃사이더? 아니면 정말로 피곤해 계속 자는 건가.

간밤에 무엇을 했기에…….

그보다 왠지 낯이 익은 것 같은데 좀처럼 기억이 떠오르지 않는다. 흠. 대체 어디서 봤더라.

화림 옆에는 감색 블루종에 기지 바지 차림의 내(트리거)가 앉았고 마지막 4열 나란한 3좌석에는 찰진고양이, 링링, 나예민이 앉았다.

나는 고개를 슬쩍 돌려 뒷좌석을 훔쳐봤다. 찰진고양이와 링링은 가끔 잡담을 나누기도 하는데 나예민은 닉네임 그대로 초예민한 모습으로 일절 말을 섞지 않는다. 지금도 팔짱을 낀 채 눈을 감고 있다. 귀에는 화림과 마찬가지로 콩나물 대가리 모양의 무선 이어폰이 꽂혀 있다. 낯을 가리는 예민한 성격이면서 1박 2일의 흉가 체험에는 왜 나온 걸까. 뭔가 다른 목적이 있는 걸까.

찰진고양이와 링링은 이십 대 중후반쯤, 대학은 졸업했을 나이인 것 같고. 액세서리나 고가의 가방으로 보아 직장 생활자로 어느 정도 금전적 여유가 있는 것으로 추측된다. 지금은 많이 풀렸지만 처음 서먹했던 모습과 여전히 존대하는 걸로 보아 이번 체험에서 처음 만난 사이인 듯하다.

은밀하게 뒷좌석을 훑은 뒤, 시선을 도로 돌리는 사이 나는 깜짝 놀랐다.

화림과 눈이 딱 마주친 것이다. 언제부터 날 보고 있었던 건가. 나를 꿰뚫는 차갑고 날카로운 눈빛. 다른 사람들을 염탐하는 현장을 딱 들킨 기분이 들어 등골에 소름이 돋았다.

그런데…… 왜…… 눈을 피하지 않는 거지. 왜 빤히 쳐다보고 있는 건데?

보통 사십 대 꼰대 아저씨와 눈이 마주치면 못 볼 것을 본 듯 먼저 시선을 피하는 게 요즘 MZ 아닌가. 이거 지금…… 나한테 시비라도 거는 건가.

어쩔 수 없이 켕기는 게 있는 내가 먼저 시선을 돌렸다. 화림의 시선은 피했지만 뒤통수가 뜨거워지는 건 나도 어쩔 수가 없었다.

"야. 뭐니 뭐니 해도 좀비 영화는 잭 스나이더 감독의 〈새벽의 저주〉지."

"〈새벽의 저주〉? 그래. 〈새벽의 저주〉가 명작인 건 인정해. 하지만 '조지 로메로' 감독의 1978년 작 〈시체들의 새벽〉을 리메이크한 영화에 불과하다고. 오리지널 요소를 넣었겠지만 온전히 감독 스스로 새롭게 창조한 세계는 아니라는 말이지."

하아. 또 딱구리와 오덜덜이다. 둘이서 한참을 괴담 얘기로 쑥덕거리더니 이제 화제가 좀비 영화로 넘어갔나

보다. 머리가 지끈거리기 시작한다. 좁아터진 차 안에서 쓸데없는 잡담을 들어야 하는 것도 고역이다. 이럴 때는 화림의 헤드폰이 부러워진다.

"야야. 〈새벽의 저주〉는 현대 좀비 영화의 교과서 같은 작품으로 칭송받고 있어. 해외 순위를 통계로 매기는 사이트인 The Top Tens에서 좀비 영화 Top 10 중 무려 4위로 랭크된 영화라고."

"참나. 좀비 영화 Top 10 말하는 거냐? 그러면 너도 잘 알겠네. 3위로 랭크된 영화가 뭔지 말야."

피하려 하면 피할수록 녀석들의 말이 귀에 박힌다. 젠장할. 말도 안 되는 영화에서 벗어나 현실로 빠져나오라고 십덕들아.

"쳇. 네가 입고 있는 티셔츠 〈28일 후〉를 말하는 거지?"

딱구리가 자신의 티셔츠 끝자락을 잡아당기며 자랑스레 말했다.

"그렇지. '대니 보일' 감독의 〈28일 후〉는 〈새벽의 저주〉보다 2년 앞서 나온 영화이고 좀비 영화 최초로 달리는 좀비를 도입시킨 영화라는 말이지."

딱구리가 어깨를 으쓱 올리며 이었다.

"스피디 좀비를 탄생시킨 기념비적인 영화라고."

"뭐 그건 인정. 기존 좀비와는 차별화된 뉴제너레이션

좀비를 만든 건 맞긴 맞지.”

두 놈들의 목소리가 조용한 차 속의 정적을 깨뜨린다. 모르긴 몰라도 다들 십덕들의 좀비 강의를 강제적으로 청강하고 있으리라.

“사실 달리는 좀비는 말이 안 된다고 생각하지 않아요?”

응?

전혀 예상치 못한 반론에 딱구리와 오덜덜 그리고 나까지 덩달아 고개를 뒤로 돌렸다. 모르긴 몰라도 여전히 꿈쩍도 안 하는 화림을 제외한 차 안의 모든 사람들이 새로운 논객의 개입에 이목을 집중했다. 목소리의 주인공은 턱을 살짝 치켜들고 있는 나예민이었다. 나예민의 귀에는 여전히 무선 이어폰이 꽂혀 있었다.

뭐지? 음악을 듣는 척했지만 사실은 오고 가는 이야기를 전부 엿듣고 있었다는 말인가.

나와 같은 생각인지 링링이 찰진고양이에게 귀엣말로 속삭였다. 무슨 말을 했을지는 둘의 표정만 봐도 대충 짐작이 갔다.

나예민은 전혀 개의치 않고 십덕들을 향해 도도하게 말을 이었다.

“모종의 이유로 식욕만 남아 움직인다 쳐도 좀비는 엄연히 죽은 사람이라는 말이죠. 시시각각 썩어 가는 좀비가 혈기 왕성하게 뛰어다닌다? 그건 무리수 아닐까요?"

잠시 차 안에는 찬물을 끼얹은 듯 정적이 흘렀다.

도발인가? 아니면 그저 반(反)좀비론자일 뿐인가.

한 방 먹은 듯한 얼굴의 딱구리가 잠시 미간을 찌푸렸다. 그의 얼굴에 떠 있던 미소는 사라지고 없었다. 집게 손가락 끝으로 코에 걸친 뿔테 안경을 밀어 올린 딱구리가 입을 열었다.

"나예민 님의 워딩은 정확히 언더스탠했어요. 하지만 이제 시대가 바뀌었죠."

딱구리는 잠시 틈을 두고 반론을 이었다.

"인공지능 AI가 사람을 대신하고, 화성에 콜로니를 짓는 프로젝트를 진행하고 있는 시대라고요. 바야흐로 21세기는 바로 속도전의 시대입니다."

"그래서요?"

"느릿느릿 기어다니는 좀비를 보고 공포를 느낄 사람은 이제 없다는 말이죠."

오덜덜이 작게 "옳소."라고 맞장구쳤다. 딱구리는 오덜덜을 향해 한쪽 입꼬리를 씨익 올려 보인 뒤 다시 말을 이었다.

"당연히 좀비도 21세기에 발맞춰 업그레이드해야죠. 뛰어도 다니고요. 비록 뇌는 썩어 가지만 인간을 함정에 빠트릴 정도로 계략도 쓰고, 심지어 초능력도 쓰는……
하이퍼 좀비가 나와 줘야 한다는 말입니다."

말을 마친 딱구리는 한껏 고양된 표정으로 어깨를 으
쓱 올렸다.

이어질 나예민의 반격을 기다렸지만 논쟁은 싱겁게 끝
나 버렸다. 나예민이 반론 대신 다시 팔짱을 끼고 눈을
감아 버렸기 때문이다.

딱구리와 오덜덜이 승리를 자축하며 다시 의자에 등을
기대던 그때였다.

"하이퍼 좋아하시네."

분명 나직한 혼잣말이었지만 차 안의 모두가 똑똑히
들을 수 있는 목소리였다.

"느려 터진 좀비라도 막상 마주치면 오줌이나 질질 싸
면서 도망칠 십덕들이……."

이어지는 나예민의 도발에 차 안의 공기가 순식간에
냉각됐다.

"뭐, 뭐야?"

딱구리와 오덜덜이 동시에 눈을 부라리고 몸을 돌렸다.

"십덕들?"

"와. 졸라 킹받네."

일촉즉발의 상황이었다. 나라도 개입해야 하나 말아야

하나를 고민하던 찰나, 이제껏 잠자고 있던 화림이 자신의 코를 틀어막았다.

"어머, 이게 무슨 냄새야."

욱. 정말로 계란이 썩는 듯한 고약한 냄새가 사정없이 후각을 찔렀다.

"악! 음쓰 냄새."

"지저스……."

"누가 차 안에 쓰레기 버렸어."

"토…… 토할 거 같아."

그제야 저마다 인상을 찌푸리며 한마디씩 보태기 시작했다.

급기야 고스트김이 조수석 창문을 내렸고 이어서 카니발의 모든 창문이 활짝 열렸다. 습기를 가득 머금은 뜨거운 바람이 밀려 들어왔지만, 실내 공기가 환기되는 것으로 보아 냄새의 진원지는 차 안이 분명한 것 같았다.

갑자기 상남자가 머쓱한 웃음을 터트렸다.

"하하, 이거 참. 미안합니다."

상남자는 시선을 정면에 둔 채 왼손으로 뒷머리를 쓰다듬었다.

"참는다고 참았는데. 저도 모르게 실수해 버렸네요."

상남자는 잠시 머뭇거리다 말끝을 흐렸다.

"아무래도 어제 술안주로 먹은 홍어 때문인가……."

"아우, 그게 뭐예요."

고스트김이 어이없다는 듯 실소했다.

"와 상남자 님. 진짜 지옥의 냄새였어요."

"진짜 홍어 맞아요? 썩은 고기라도 먹은 거 아니에요?"

"좀비라도 씹어 드신 거 아냐?"

상남자는 자신을 향한 가벼운 비난을 너털웃음으로 무마했다.

아무래도 소리 없이 피어오른 방귀가 차량 에어컨을 타고 순식간에 확산된 듯싶었다. 하지만 그 덕분에 일촉즉발의 살벌했던 분위기가 가라앉을 수 있었다. 의도했든, 의도하지 않았든 기막힌 타이밍의 방귀였던 것이다.

상남자가 분위기를 전환하려는 듯 카오디오의 볼륨을 높이며 소리쳤다.

"자자, 이제 목적지가 얼마 안 남았습니다. 신나게 음악이라도 들으면서 가 볼까요."

흥겨운 비트의 전자음이 차 안 가득 울려 퍼졌다.

2장

　상남자의 말과는 달리 그 뒤로도 한참을 더 구불거리는 비포장도로를 달리고 나서야 비로소 목적지에 도달할 수 있었다.

"와, 드디어 도착이다."

"상남자 님 수고하셨어요."

"아구구, 허리야."

저마다 차에서 내리며 팔을 쭉 펴 기지개를 켰다.

나 역시 오랫동안 움직이지 않은 탓인지 허리에서 우두둑거리는 뼈 부딪히는 소리가 났다.

세 시간 만인가.

천안에서 출발해 꼬박 3시간을 내리 달렸다. 아직 6시밖에 되지 않았지만 강원도의 깊은 산골은 벌써부터 땅거미가 지고 있었다. 분명 한낮보단 서늘하지만 셔츠의 겨드랑이 부분은 이미 땀으로 흠뻑 젖어 들었다.

차 시동을 끄고 나온 상남자를 마지막으로 일행 9명 모두가 폐가 앞에 섰다.

"오오. 이게 바로 그 폐가군요."

누군가의 물음에 몇몇이 고개를 주억거렸다.

"잠시 몸 좀 푸시고 5분 뒤 다시 이 앞에 모이죠."

고스트김의 제안에 일행은 잠시 쉬는 시간을 가졌다. 딱구리는 배낭에서 DSLR을 꺼내 폐가를 찍기 시작했다. 찰진고양이는 가볍게 스트레칭을 했다. 화림과 나예민은 일행과 거리를 두고 있었고, 상남자가 연초를 태우기 위해 자리를 뜨는 것을 보면서 나는 폐가로 다가갔다.

폐가는 산골짜기 사이 공터를 닦아 세운 단층 건물이었다.

붉은 벽돌을 조적해 올린 건물은 주변을 빽빽이 둘러싼 대나무숲 사이에서 뚜렷한 존재감을 발산했다. 어느새 뒷목에 오소소 소름이 돋았다. 그저 보고 있는 것만으로 이런 불길한 기분이 들게 하다니. 과연 폐가는 폐가로구나. 그보다 이런 깊은 산속의 건물은 대체 어떻게 찾아낸 것인가.

일몰이기도 했지만, 대나무숲에 가려 그늘진 건물은 어딘지 모를 을씨년스러움을 자아냈다.

나는 건물 주변을 살피기 위해 발걸음을 옮겼다.

출입구를 기준으로 우측에는 커다란 물웅덩이가 있었다. 이쪽은 해가 잘 들지 않을뿐더러 빗물이 잘 빠지지 않는 토질이다. 때문에 땅바닥은 온통 진창이었고 빽빽

한 대나무숲에 막혀 돌아갈 수도 없었다. 어쩔 수 없이 발길을 돌려 좌측으로 향했다. 집과 멀리 떨어진 조립식 화장실 사이를 지나 처음 보았던 물웅덩이 맞은편까지 폐가 전체를 살폈다.

삼면이 대나무숲으로 둘러싸여 폐쇄감이 느껴졌다. 누군가가 별장으로 쓰기 위해 지은 것일까. 폐가라고는 하지만 머릿속으로 상상했던 폐가의 이미지와는 사뭇 달랐다. 몇몇 창문 끝자락에 금이 가 있지만 크게 깨진 곳은 없었다. 창문형 에어컨 실외기도 먼지와 낙엽만 수북이 쌓여 있을 뿐 외관상 문제는 없어 보인다.

전체적인 컨디션으로 볼 때, 최근까지 사람이 살았던, 버려진 지 얼마 되지 않은 건물임이 분명했다.

건물을 돌아 나오자 찰진고양이와 링링이 자리를 이동하며 팔을 하늘 높이 올리고 있었다. 가까이 다가가니 손에 휴대폰이 쥐여 있었다.

"터져요?"

"아뇨, 나도 안 터져요. 아우 어떡해."

둘의 대화에 상남자와 딱구리가 주머니에서 휴대폰을 꺼내 들었다. 나 역시 서둘러 휴대폰 화면을 켰다.

젠장. 안테나가 제로다. 휴대폰 기지국 커버리지마저 벗어난 첩첩산중이라니. 이러면 난감해지는데……

정신을 바짝 차려야 한다고 스스로 다짐하며 휴대폰을 도로 주머니에 넣었다. 5분이 다 됐는지, 보이지 않던 고스트김과 오덜덜, 화림과 나예민도 합류하여 다시 9명이 폐가 앞에 모였다.

상남자가 상황을 정리하듯 모두를 향해 말했다.

"우선 오랜 이동 시간에 모두 수고하셨습니다."

상남자는 한차례 헛기침을 한 뒤 말을 이었다.

"이 폐가 체험을 기획한 주최자가 어젯밤 갑작스럽게 불참을 통보해서 체험 자체가 무산되는 건 아닌가 걱정했는데 다행히 여러분들이 동의해 주신 덕분에 이렇게 이 자리에 올 수 있었습니다."

그건 나 역시 걱정했던 바였다. 하지만 이미 모든 준비가 끝나서인지 주최자가 빠졌음에도 모임은 그대로 강행됐다. 차기 모임장은 다수결로 차량을 렌트한 상남자가 넘겨받았다.

상남자는 주먹을 불끈 쥐어 보였다.

"비록 대타지만 여러분들이 모임장으로 뽑아 주셨으니 열정을 다해서 폐가 체험 카페 천안지부의 첫 체험을 성공적으로 이끌겠습니다. 오늘 밤 아주 무서운 일들이 가득하길 바랍니다."

한껏 고양된 상남자를 향한 박수 소리가 이어졌다. 역

시나 화림과 나예민은 철저한 아웃사이더로 아무런 호응 없이 멀찍이 떨어져 거리를 두고 있었다.

"자, 이제 하룻밤을 묵을 폐가로 짐을 옮깁시다."

상남자의 지시에 일행들이 분주한 사이, 멀리서 들리는 여성의 간드러진 목소리에 시선을 돌렸다.

"어머, 이 귀여운 꼬마는 뭐야?"

등을 돌린 채 쪼그려 앉은 링링이었다. 그녀의 손끝으로 시선을 따라가니 하얀색 털북숭이가 눈에 들어왔다.

"어머머, 어디서 이런 귀여운 강아지가 왔을까."

링링의 옆에 있던 찰진고양이가 손뼉을 쳤다.

찰진고양이 말대로 아직은 새끼 티를 벗지 못한 백구였다. 링링은 천천히 다가오는 강아지를 향해 천천히 손을 내밀었다. 짐을 옮기기 위해 카니발로 향하던 일행들도 걸음을 멈추고 강아지에 집중했다.

이 깊은 산속에 개새끼라니. 혹시라도 버려진 들개인가 싶어 링링을 말리려 했지만 들개라기엔 털의 상태가 깨끗했다.

폐가에서 키우던 개인가. 아니다. 폐가의 상태가 괜찮긴 하지만 그 정도로 최근에 버려진 집은 아니다. 그럼, 근처 인가에서 키우는 개인가. 그것도 아니다. 산길을 지나오며 인가라 부를 만한 집은 보지 못했다. 그렇다면 최근에 버려진 개인가. 역시 아니다. 누가 개새끼 하나 버리자고 이런 깊은 산속에 오겠는가.

이런저런 가능성을 따지던 사이 링링의 걱정스러운 목소리에 현실로 돌아왔다.

"어머, 왜 그러니. 어디 아파?"

링링의 말대로 강아지의 상태는 썩 좋아 보이지 않았다. '깨갱'거리는 신음 소리를 토해 낸 강아지가 급기야 경련을 시작했다. 벌린 주둥이 사이로 끈적한 침이 흙바닥을 흥건히 적셔 댔다. 이내 비틀대던 강아지가 땅바닥에 털썩 쓰러졌다.

"찰진고양이 님, 이 강아지 어디가 아픈가 봐요."

울상이 되어 찰진고양이를 올려다보는 링링. 아직 강아지를 향한 손을 거두지 않은 상태다.

알 수 없는 위화감이 일었다. 순간 머릿속에서 경고등이 켜졌다. 나는 서둘러 손을 뻗으며 외쳤다.

"떨어져! 그 개새끼한테서 당장 떨어지라고."

순간 슬로우모션이 걸린 듯 시간이 느려지기 시작했다.

찰진고양이의 고개가 천천히 내게로 돌아간다. 찰진고양이로 향했던 링링의 시선도 내게로 향한다. 주변 일행들이 엉거주춤 나와 링링을 번갈아 본다. 의문이 가득 담긴 링링의 얼굴이 이내 고통으로 일그러진다. 언제 일어섰는지 모를 개새끼가 붉은 안광을 흘리며 링링의 손끝에 매달려 있다. 날카로운 비명이 한적한 산속에 울려 퍼진다. 그 비명이 메아리가 되어 돌아오는 동안 발등으로 전해지는 묵직한 무게감. 이어서 샌드백을 때리는 둔탁한 소리와 함께 미친 개새끼가 포물선을 그리며 저 멀리 나가떨어진다.

나는 가쁜 숨을 몰아쉬며 눈물이 그렁그렁한 링링의 손끝을 살폈다.

"괘, 괜찮아요?"

링링의 손끝이 몹시 떨렸다. 날카로운 이빨에 찢긴 상처에서 붉은 피가 손등을 타고 흘러내렸다.

"트, 트리거 님…… 저기……"

바로 옆 찰진고양이의 손끝이 가늘게 떨렸다. 잔뜩 겁에 질린 목소리. 귓가를 간지럽히는 낮게 깔린 으르렁 소리.

설마. 그럴 리가.

나는 반신반의하며 찰진고양이가 가리키는 곳으로 시선을 던졌다.

"꺄아아악!"

이어지는 고막을 찌르는 비명 소리. 하지만 내 옆에 링링이 내는 소리가 아니다.

"어어. 뭐, 뭐야. 저 개새끼는."

"트리거 님 조심하세요."

찰진고양이를 제외하고 모두 멀찍이서 소리칠 뿐 섣불리 다가서는 이는 없었다.

죽었을 거라 생각한 개새끼가 서 있었다. 실제로 죽일 생각으로 있는 힘껏 걷어찼다. 하지만 개새끼는 분명 제 발로 땅을 딛고 서 있었다.

"광견병인가."

퍼뜩 그런 생각이 들었다. 광견병에 걸린 개를 실제로 본 적은 없다. 하지만 부러진 갈비뼈가 뱃가죽을 뚫고 나왔음에도 찢긴 구멍 아래로 어딘지 모를 내장을 질질 끌며 다가오는 개새끼는 광견병으로 밖에는 설명할 방법이 없었다. 피눈물을 흘리는 백구의 하얀색 털은 어느덧 새빨갛게 물들어 갔다. 길게 빼 물은 혀에서 거품 섞인 침과 피가 끊임없이 흘러내렸다.

아직 새끼라지만 충분히 위협적인 상황. 게다가 광견병은 인간에게 전염되는 치명적인 질병이 아닌가. 이미 물려 버린 링링도 링링이지만 더 이상 환자를 늘릴 수는 없었다.

나는 비척이며 다가오는 개새끼를 향해 자세를 잡았다. 공격의 거리를 재고 있던 사이 느닷없이 등 뒤에서 고함 소리가 들려왔다.

내 옆을 빠르게 스쳐 지나는 남자를 향해 급히 손을 뻗었지만 손가락은 미처 그에게 닿지 못했다. 오른손을 가슴께에 고정한 채 달려가는 남자는 바로 상남자였다. 그의 오른손에 들린 커다란 돌덩이의 용도는 굳이 묻지 않아도 알 수 있으리라.

"조심해요."

나는 작게 한숨을 쉬고 앞서가는 상남자를 뒤따랐다.

"미친개는 매가 약이지!"

단언하듯 내뱉는 상남자의 한마디. 하늘 높이 들린 돌덩이가 그대로 내다 꽂혔다. 수박이 '퍽석' 하고 깨지는 소리에 이어 짐승의 단말마가 울려 퍼졌다.

"암, 매가 약이고 말고."

묘하게 흥분한 상남자의 목소리에 소름이 돋았다.

어스름이 지는 산중에 떡메 찧는 소리가 울려 퍼졌다. 한 번. 두 번. 세 번……. 물기를 가득 머금은 떡메질에 일행의 얼굴에 경악과 공포가 떠올랐다.

나는 들썩이는 상남자의 어깨에 손을 올렸다. '쿵' 하고 땅바닥에 떨어진 돌덩이가 흙먼지를 피워 올렸다. 땀에 번들거리는 상남자의 얼굴은 웃는지 우는지 판단할 수가 없었다.

단순히 책임감 때문인가. 굳이 이렇게까지라는 의문이 들었지만 사소한 완장에 목숨을 거는 타입의 인간이리라 스스로 납득시켰다.

상남자에게 머물던 시선을 아래로 내렸다.

'욱.' 치밀어 오르는 구역질을 가까스로 삼켰다.

수많은 수라장을 겪었던 나조차도 얼굴을 돌리게 만드는 참혹한 광경. 정말로 이 생체 폐기물이 조금 전 꼬리를 흔들던 그 강아지란 말인가. 피떡이 되어 간헐적 경련을 일으키는 그것은 더 이상 강아지라 부를 수 없는 수준으로 뭉개져 있었다.

가는 신경으로 이어진 안구는 흙을 뒤집어쓴 채 땅바닥을 뒹굴고, 안구가 있던 텅 빈 구멍에서는 푸딩 같은 뇌수가 질질 흘러나왔다. 피투성이의 몸뚱이는 부러진 뼈들이 선인장처럼 몸 밖으로 솟구쳐 있었다.

마른 흙바닥이 개새끼가 흘린 피로 새카맣게 젖어 들어갔다. 당장이라도 숨이 끊어져야 마땅한 상태임이 분명했다. 하나 이미 목뼈가 부러져 꺾인 상황에서도 개새끼는 허공을 물어뜯을 듯 이빨을 격렬하게 맞부딪쳤다.

이게 뭐지……. 어떻게 아직도 움직일 수 있는 건가.

숨은 진즉에 끊어졌어야 마땅하다. 생선의 머리를 자른 뒤에도 아가미를 뻐끔거리는 것과는 전혀 다르다. 죽은 뒤에도 신경세포가 근육을 자극하여 경련하는 것과는 다르다는 말이다. 광견병이란 게 과연 이런 것인가.

이빨이 맞부딪쳐 딱딱거리는 소리가 신경을 거슬렀다. 하지만 그것도 잠시. 상남자의 발길질에 간신히 남아 있던 머리가 완전히 아작 난 개새끼는 마침내 끈질긴 움직임을 멈췄다. 두어 번 더 땅바닥을 짓이긴 상남자는 요란하게 가래침을 뱉은 뒤, 허리를 숙여 무릎을 짚고 가쁜 숨을 골랐다.

딱딱거리는 이빨 소리가 멎고 나서야 비로소 고요한 정적이 찾아왔다.

3장

이제야 넓은 등판을 오르내리는 상남자에게서 눈을 돌려 뒤를 살필 여유가 생겼다.

몇 걸음 뒤로 상처 입은 손을 손수건으로 덮은 채 주저앉은 링링과 링링의 어깨를 감싸고 있는 찰진고양이. 그리고 그 뒤로 아연한 듯 넋이 나간 표정의 오덜덜. 하얗게 질린 얼굴로 기계적으로 DSLR의 셔터를 누르고 있는 딱구리. 허리를 숙이고 입안의 신물을 뱉어 내는 고스트 김. 냉정하게 상황을 살피는 듯한 화림과 뻣뻣하게 굳은 얼굴의 나예민까지…….

"상남자 님은 이제 그 개새끼에게서 멀리 떨어지세요."

나는 그렇게 외치고 미친개에게 물린 링링에게로 향했다. 충격도 충격이지만 지금으로선 링링의 응급처치가 가장 시급한 상황이었다.

"좀 어떤가요?"

나의 물음에 링링을 돌보던 찰진고양이가 대신 답했다.

"좋지 않아요."

찰진고양이는 링링에게 시선을 떼지 않은 채 말을 이었다.

"순식간에 열이 끓기 시작하더니 조금 전부터는 아예 정신을 못 차리고 있어요."

찰진고양이의 말대로 가까이서 보는 링링은 제정신이 아니었다. 눈을 뜨고 있지만 초점이 풀려 있어 어디를 보는지 알 수 없었다. 보아하니 내 목소리조차 들리지 않는 듯했다.

찰진고양이가 나를 올려다보며 물었다.

"광견병 맞죠? 광견병이 전염된다는 건 알고 있어요.

그치만 이렇게 빠르게 전염될 수도 있는 건가요?"

나는 다문 입을 열지 못했다. 나라고 알겠는가.

"혹시 소독약 가진 사람 없나요?"

나는 모두에게 물었다.

"상처를 소독해야 합니다."

일행은 우물쭈물 서로를 바라볼 뿐. 누구 하나 선뜻 나서지 못했다. 이런 폐가 체험에 응급키트를 챙겨 온 사람은 없는 것이다.

역시…….

어차피 예상했던 바였다. 더 이상 시간을 지체할 수는 없었다.

"안 되겠어. 어서 링링을 차에 실어요. 인근 병원으로 데려가야 합니다. 절 좀 도와주세요."

나는 찰진고양이의 반대편에서 주저앉은 링링의 겨드랑이에 팔을 끼워 넣었다. 찰진고양이의 말대로 열이 오른 링링의 겨드랑이는 무척이나 뜨거웠다.

"자, 하나, 둘, 셋 하면 일어서는 겁니다."

찰진고양이와 눈빛을 교환한 뒤 나는 숫자를 셌다.

"하나, 둘……"

바로 셋을 세려던 그때, 하수도가 역류하는 요란한 소리에 일순간 동작을 멈췄다.

‘꾸르르르르르.’ 의문의 소리가 링링의 뱃속에서 나는 소리란 것을 알아챈 순간. 링링의 등이 활시위처럼 바깥쪽으로 휘었다. 하늘을 향해 꺾인 링링의 얼굴에 푸른색 핏줄이 거미줄처럼 번져 갔다. 동시에 초점을 잃은 눈동자는 하늘로 말려 올라가 흰자위를 드러냈다. 링링의 상태가 돌연 급변하기 시작한 것이다.

그 모습을 본 찰진고양이가 링링의 팔을 놓고 자지러졌다. 연신 비명을 쏟아 내는 찰진고양이는 패닉상태에 빠졌다. 한 번 더 하수구가 역류하는 소리에 이어 하늘을 향한 링링의 볼이 터질 듯이 부풀어 올랐다.

“제, 젠장…….”

귓속에서 사이렌이 미친 듯이 울려 퍼졌다.

나는 땅바닥을 기는 찰진고양이의 팔목을 잡아채 몸을 던졌다. ‘푸학!’ 등 뒤로 높은 수압에 막혀 있던 수도꼭지가 터지는 소리가 들렸다. 나는 재빨리 손으로 땅바닥을 짚어 몸을 일으켰다. 눈앞에는 하늘로 고개를 쳐든 링링이 피 분수를 토해 내고 있었다. 공중으로 솟구쳤던 피 분수가 중력에 의해 다시 아래로 떨어져 링링의 얼굴을 새빨갛게 물들였다.

잘은 몰라도 링링이 내뿜는 피를 뒤집어썼다가 안구나 입속의 상처에 닿기라도 하면 광견병의 전염을 피할 수 없을 것이다. 이윽고 링링은 모든 힘이 빠진 듯 중심을 잃고 땅바닥에 쓰러지고 말았다.

그제야 나는 입안에 머금고 있던 침을 꿀꺽 삼켰다.

"주…… 죽은 거 맞죠?"

링링의 시신 맞은 편으로 경직된 상남자가 물었다.

나는 침통한 표정을 지어 보였다. 턱 아래의 맥을 짚어보면 알 수도 있겠지만 솔직히 도저히 다가갈 수가 없었다.

발아래서 찰진고양이가 사시나무처럼 몸을 떨며 흐느꼈다.

"지…… 집에…… 갈래…….."

패닉상태의 그녀를 일으켜 세우기 위해 몸을 낮추니 집에 가고 싶다는 말을 반복해서 중얼거리고 있었다. 아무래도 극심한 정신적 충격을 받은 듯했다. 짧다면 짧지만 폐가에 오기까지 친하게 지낸 사이였으니 그녀의 충격은 충분히 이해가 갔다.

"저…… 시신을 수습해야 하지 않을까요?"

고스트김이 용기 있게 물었지만 일행은 그다지 내켜 하지 않는 듯 침묵했다. 한여름인 만큼 저대로 둔다면 시신은 금방 심하게 훼손될 게 분명했다.

"미안하지만 난 절대! 절대로 저 근처에는 가지 않을

거예요.”

손수건으로 입을 가린 나예민이 선언하듯 말했다. 솔직히 나도 동의하는 바였다. 개새끼에게 물린 것만으로 단 몇 분 만에 링링이 절명한 것을 보면 광견병이 아니라 신종 인수전염병인지도 모르는 일이었다.

“매정하게 들릴지 모르지만 저도 나예민 님 말에 동의합니다. 시신 근처에는 가지 않는 게 좋을 것 같아요.”

내 말에 딱구리가 재빨리 끼어들었다.

“우선 여기를 떠나요. 시신은 질병관리센터 사람들에게 맡기자고요.”

“그래요. 더 어두워지기 전에 한시라도 빨리 여기를 뜹시다.”

오덜덜의 지원사격에 상남자도 고개를 끄덕거렸다.

“자 얼른 차에 타세요. 산을 내려가려면 서둘러야 합니다.”

상남자가 일행을 향해 외치더니 차로 성큼 걸음을 옮겼다. 이제껏 지켜보고 있던 사람들도 무거운 발걸음을 떼기 시작했다. 불과 얼마 되지 않은 시간이었음에도 사람들의 얼굴은 몹시 지쳐 있었다. 나는 찰진고양이를 일으켜 세우기 위해 손을 내밀었다.

“찰진고양이 님. 이제 집에 가요. 제 손 잡으세요.”

여전히 심하게 떨리는 어깨. 마스카라가 눈물에 번져 볼에는 검은 줄이 그어져 있었다. 그녀의 시선은 여전히 링링에게 못 박혀 있었다. 완전히 넋이 나간 상태였다.

“정신 차리세요. 마음은 이해합니다만, 가야 합니다.”

나는 좀 더 강하게 말했다. 하지만 역시나 반응이 없었다. 그때 그녀가 말없이 축 처진 오른손을 들었다. 그녀의 손가락 끝은 링링을 향해 있었다. 나는 영문을 몰라 그녀의 얼굴을 쳐다봤다.

“링링은 죽었습니다. 어서 현실을 직시하세요.”

내 말에도 아무런 반응이 없던 그녀의 입술이 희미하게 달싹였다.

“네? 뭐라고요?”

대체 뭐라는 건지 들리지 않았다. 그녀의 입술 가까이 귀를 가져갔다.

“움직여……. 움직인다고…….”

“움직여? 뭐가?”

나는 그녀의 말을 되물었다.

내가 미처 그녀의 말뜻을 이해하기도 전에 뼈와 관절이 맞부딪치는 소리가 산골에 울려 퍼졌다. 순간 머리칼이 쭈뼛 솟으며, 싸늘한 소름이 전신을 훑고 지났다.

나는 소리가 나는 쪽으로 고개를 획 돌렸다.

대체 뭐가 어떻게 돼 가는 거야?

눈으로 보면서도 믿을 수 없는 광경에 말문이 막혔다.

시신이 되어 버린 링링이 경련하고 있었다. 그녀의 팔과 다리가 제멋대로 꺾이면서 기괴한 소리를 내고 있었다. 하산을 위해 차로 이동 중이던 일행들의 입에서 탄식과 비명이 터져 나왔다. 공포를 체험하기 위해 모인 이들이 진정한 공포와 직면한 것이다. 믿을 수 없지만 조작이 아닌 실제 상황이었다.

링링의 처참한 모습은 스크린 속 오컬트가 아니었다.

비정상적으로 관절을 꺾어 대던 링링이 부스스 일어섰다. 스스로 땅을 딛고 일어선 링링의 안광이 붉은 페인트를 풀어놓은 것처럼 새빨갛다. 입에서 흘러나온 끈적한 피가 땅바닥에 실처럼 이어져 있었다.

"우워어어어어어어."

뱃속부터 울리는 느리고 낮은 그로울링.

이마에 맺힌 땀이 관자놀이를 타고 흘렀다. 겨드랑이에 흥건한 땀이 기분 나쁘게 셔츠를 적셨다.

저 상태는 조금 전 미친개와 똑같지 않은가. 게다가……

이윽고 링링은 목표물을 정한 듯 두 팔을 뻗고 나와 찰진고양이를 향해 다가왔다.

한 발. 두 발. 세 발. 힘겹게 떼는 발걸음과 달리 거리
가 좁혀질수록 그녀의 입이 쩌억 벌어졌다. 턱뼈가 빠질
정도로 벌린 입술의 가장자리가 툭툭 찢어졌다. 순간 어
떤 이미지가 뇌리를 스쳐 갔다. 인정하기는 싫지만 한번
떠오른 이미지가 머릿속에 각인되어 떠나가지 않았다.

저 모습은…… 영락없이…… 아냐, 그럴 리 없어.

나는 일말의 가능성을 지워 버리려는 듯 세차게 고개
를 흔들었다.

"조, 좀비!"

나는 고개를 번쩍 들었다. 딱구리가 내 머릿속의 말을
정확하게 대신 했던 것이다.

"좀비 아냐?"

"야이 미친놈아. 좀비는 영화 속에서나 존재한다고."

"병신아, 저게 좀비가 아니면 대체 뭔데?"

십덕들아 지금 좀비로 토론할 시간이 아니다. 좀비든
뭐든 상관없다고. 피를 토하고 죽었던 링링이 다시 살아
나 우리를 향해 다가오고 있단 말이다.

나는 마른세수를 한 뒤 크게 심호흡했다.

"모두 피해! 절대 링링과 접촉해서는 안 돼."

나의 외침을 기점으로 일행은 일사불란하게 대피를 시
작했다.

링링의 건너편이자 상대적으로 카니발에 가까웠던 상남자는 주차돼 있던 차로 달려갔다. 반대로 나와 찰진고양이 뒤에 서 있던 나머지 일행, 고스트김과 딱구리, 오덜덜, 화림과 나예민은 마주 오는 링링을 피해 재빨리 폐가로 도망쳤다.

"빨리, 빨리 오세요."

먼저 대피한 화림이 두 손바닥을 입에 대고 외쳤다. 대문 손잡이를 붙든 오덜덜이 나를 향해 열렬히 손짓했다.

젠장. 손짓할 시간에 이리 와서 함께 도와 달라고.

찰진고양이에게 손을 내밀었지만 영 반응이 없다.

하아, 이젠 정신 좀 차리라고…….

그나마 링링의 이동속도가 더딘 게 다행이랄까. 하지만 시간이 너무 지체됐다. 에라 모르겠다는 생각으로 넋이 나간 찰진고양이를 어깨에 둘러멨다. 제법 거리가 있었지만 버둥대는 찰진고양이를 우격다짐으로 문안에 던져 버렸다. 고통의 신음 소리는 애써 무시했다. 이어서 뒷머리를 스치는 링링의 손바람을 무시한 채 아슬아슬하게 문이 닫히는 폐가로 몸을 내던졌다.

4장

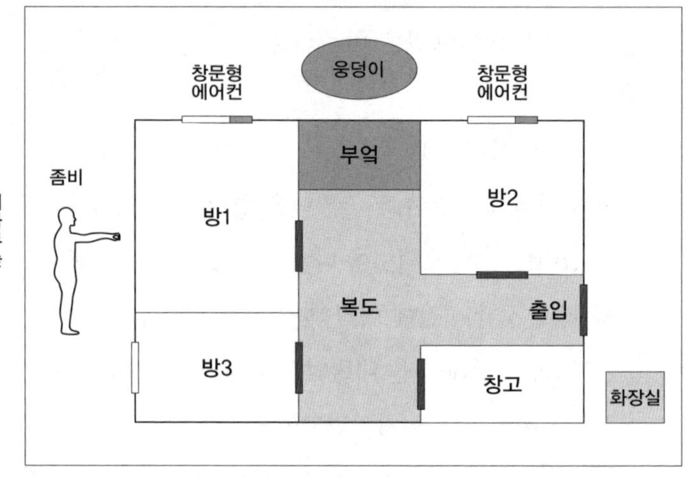

나와 찰진고양이가 폐가에 들어서자마자 기다리고 있
던 오덜덜이 출입문을 닫았다.

이어서 누가 시키지 않았는데도 딱구리와 오덜덜이 알
루미늄 새시 문에 등을 대고 온 힘을 다해 밀었다. 나는
시멘트 바닥에 주저앉아 숨을 골랐고, 나머지 일행은 출
입문에서 멀리 떨어져 상황을 살폈다.

어디서 찾았는지 화림과 고스트김의 손에 대걸레 자루

가 쥐어져 있었다. 고스트김의 대걸레 끝이 미친년 머리처럼 사정없이 흔들렸다. 이윽고 가래 끓는 소리가 가까워졌다. 우리는 숨을 죽이고 출입문의 불투명한 간유리에 시선을 모았다.

얼마 후 간유리에 가녀린 그림자가 아른거렸다. 등 뒤에서 누군가 침을 꿀꺽 삼키는 소리가 들렸다. 알루미늄 틀과 유리창 틈이 맞부딪쳐 덜컹이는 소리가 고요를 깼다.

"히익!"

나예민이 비명을 지르려 하자 고스트김이 서둘러 나예민의 입을 틀어막았다.

불투명한 간유리에 검은 그림자가 작았다 커지기를 반복하며 출입문이 흔들렸다. 규칙적으로 문이 흔들릴 때마다 딱구리와 오덜덜은 비지땀을 흘리며 이를 악물고 몸으로 버텼다. 나 역시 정신을 차리고 딱구리와 오덜덜 사이를 비집고 문을 밀었다. 이대로 간유리가 버텨 낼 수 있을까 우려됐지만 몇 번의 충돌이 이어진 뒤, 문 너머는 거짓말처럼 잠잠해졌다.

잠시 후 오덜덜이 참았던 숨을 몰아쉬며 말했다.

"이제 갔나?"

나는 재빨리 오덜덜에게 입술 위로 손가락을 세워 붙

였다. 그러고 나서 문에 등을 댄 채로 고개를 위로 젖혔다. 정말로 간유리에 비치던 검은 그림자는 사라지고 없었다. 이어서 알루미늄 문에 가만히 귀를 댔다. 오른쪽 볼에 철제 문의 차가운 냉기가 전해졌다. 다행히 링링의 거친 그로울링 소리는 들리지 않았다. 문밖은 이상하리만치 고요했다.

나는 양옆의 두 남자와 번갈아 시선을 맞추고 고개를 끄덕였다. 그제야 우리 셋은 천천히 문에서 등을 뗐다.

"아! 이런 멍청이."

그때 딱구리가 자신의 손바닥으로 이마를 쳤다. 오덜덜의 눈이 휘둥그레졌다. 딱구리는 개의치 않고 낮은 목소리로 중얼거렸다.

"출입문은 밖으로 열리는 구조잖아. 우리가 등으로 문을 민 건 천하에 병신 짓이었다고."

오덜덜이 어이없는 탄식을 뱉었다. 나도 황당하긴 마찬가지였다. 아무리 정신이 없기로서니 이런 바보짓에 동참하다니. 링링이 문을 열었다면 우리 셋은 당장 출입구 밖으로 떠밀려 나가 보기 좋게 링링의 뷔페식 식사가 됐을 것이다.

그렇게 생각하니 등골에 형용할 수 없는 공포가 훑고 지났다.

"그나저나 밖이 왜 이렇게 조용하죠?"

여전히 마대 자루를 쥔 화림이 다가와 물었다.

나는 작게 고개를 저은 뒤 출입문의 손잡이를 노려봤다. 은색의 둥근 손잡이에는 똑딱이 잠금단추가 없었다. 다만 손잡이 위에 'ㄱ' 모양의 고리를 걸어 잠그는 고리식 걸쇠가 달려 있을 뿐이었다. 방범 장치라기엔 너무나 허술했다. 하지만 이런 깊은 산속에 도둑 따위가 있을 것 같지도 않은지라 이내 납득했다.

나는 조심스럽게 은색 손잡이를 감싸 쥐었다. 오른손에 힘을 주어 천천히 돌리자 철컥 소리를 내며 문이 살짝 바깥쪽으로 흔들렸다.

"트리거 님 지금 뭐 하는 거예요!"

딱구리와 오덜덜이 화들짝 놀라 문과 멀어지며 말했다. '응?' 그들의 반응과는 별개로 머릿속에 한 가지 의문이 빠르게 스쳐 지나갔다. 그러나 그 의문이 정리되기도 전에 거센 힘이 문밖으로 나를 잡아끌었다.

"어어……"

미처 반응할 새도 없이 문이 활짝 열리고, 여전히 문을 붙든 오른손에 이끌려 나는 중심을 잃고 출입문 밖으로 우스꽝스럽게 넘어지고 말았다. 서둘러 고개를 들었지만 저녁노을을 등진 검은 그림자가 얼굴 위로 드리워 시야가 차단됐다.

이제는 지겨울 법도 한 새된 비명 소리가 또 한 번 메아리쳤다.

'어이 이제 좀 조용히 하라고.' 폐가 안의 누군가에게 이렇게 말하고 싶었다.

이런 젠장.

욕지거리가 치밀어 오른다. 내 가설이 틀렸단 말인가. 이제 나도 링링처럼 이성을 잃고 볼썽사납게 인육을 찾아 헤매려나.

찰나의 순간에 별별 생각들이 머릿속을 휘저었다. 뭐가 됐든 이제 틀렸다. 인생의 허망한 마침표를 찍는다.

나는 황망한 심정으로 차분히 눈을 감고 다가올 마지막 순간을 기다렸다. 하지만 기다리던 통증 대신 손목을 감싸는 억세지만 따뜻한 온기에 눈을 번쩍 떴다.

"트리거 님 기절한 거 아니죠?"

"상남……자 님?"

상남자가 내 손을 잡아 일으켜 세워 주었다.

"빨리 들어갑시다."

나는 상남자에게 이끌려 다시 폐가 안으로 들어섰다. 오늘 처음 본 상남자가 이리도 반가울 줄이야.

출입문은 다시 굳게 닫혔다. 이번에는 멍청이같이 문

을 미는 대신 고리식 걸쇠로 문을 잠갔다. 돌아온 상남자가 무사 귀환한 용사라도 된 듯 일행들의 표정은 한층 풀려 있었다.

"다시 보니 반갑네요. 상남자 님."

"대체 어떻게 된 거예요?"

일행이 상남자를 반갑게 맞았다. 하지만 상남자의 얼굴에는 그늘이 드리워 있었다.

"전 상남자 님 혼자 떠날 줄 알았는데, 역시 의리남!"

엄지를 추켜세우며 말을 거는 고스트김. 하지만 상남자가 이내 입꼬리를 내리며 말했다.

"시동이 걸려야 말이죠."

"네, 네?"

상남자는 잠시 우리를 둘러본 뒤 말을 이었다.

"차에 시동이 안 걸립니다."

상남자의 말에 한순간 침묵이 감돌았다.

"그게 무슨 말이죠? 지금 차가 망가졌다는 말이에요?"

나예민의 목소리가 몹시 떨렸다.

"모임장으로서 회원님들과 합류하고 싶은 마음이야 굴뚝같았죠. 하지만 한시라도 빨리 구조대를 데려오자는 생각이 앞섰습니다. 그래서 차로 도망친 건데……. 폐가에 올 때까지만 해도 멀쩡하던 차가 갑자기 말썽을 일으켰지 뭐예요."

상남자가 체념한 듯 마른세수를 했다.

"차 안에서 해 볼 수 있는 건 다 해 봤는데……. 하아, 젠장."

상남자가 말을 아끼며 주먹으로 자신의 허벅지를 쳤다.

"하하…… 망했다. 망했어."

나예민이 이마를 짚으며 탄식했다. 둘러선 일행들의 어깨가 눈에 띄게 처졌다.

상남자가 정말 그런 의도로 차로 도주했는지는 모른다. 그러나 의도야 어쨌든 유일한 탈출 수단인 차가 제 구실을 하지 못한다는 사실은 충분히 절망적이었다. 이제 구조 요청을 하려면 좀비를 피해 몇 시간이나 되는 산길을 걸어서 내려가야 한다.

"링링은요? 출입문 앞에 있던 링링은 상남자 님이 쫓아냈어요?"

고스트김이 잠시 잊고 있던 좀비의 존재를 상기시켰다.

"차 안에서 숨죽이고 지켜봤는데. 한참이나 문 앞을 서성이던 링링은 이내 포기했는지 문을 지나 건물 왼쪽 코너로 돌아갔습니다."

상남자는 혀로 입술을 축인 뒤 말을 이었다.

"링링이 사라지는 걸 보고는 바로 출입문으로 뛰어왔

어요. 아무래도 카니발보다는 여러분이 있는 폐가 쪽이
더 안전할 거라는 생각이었습니다. 사실 문 앞에 왔을
때만 해도 당연히 문이 잠겨 있을 거라 생각했는데, 혹
시나 문을 잡아당겼더니 트리거 님이 안쪽에서 딸려 나
와 깜짝 놀랐지 뭡니까.”

애써 웃음을 참는 상남자를 보자 얼굴이 화끈거렸다.

슬쩍 일행을 둘러보니 그들의 얼굴에도 조금은 긴장감
이 누그러진 듯했다. 그런데 자꾸 뒷머리가 곤두서는 건
왜인가. 뭔가 놓치고 있는 듯한 느낌은 왜…….

순간 이유 모를 불안감의 원인이 떠올랐다. 퍼뜩 고개
를 돌리는 순간 타이밍을 맞춰 방 안쪽에서 위태로운 소
리가 들렸다.

나와 상남자가 거의 동시에 소리가 들리는 쪽으로 몸
을 돌렸다.

“방…… 창문!”

“이런 젠장.”

조금 전 폐가 주변을 돌았던 기억이 떠올랐다. 링링이
문을 포기하고 건물을 돌아 왼편 끝방의 미닫이창을 공
략한 것이다.

복도 끝 방의 나무 문을 활짝 열자, 맞은편 유리창 너
머로 링링이 이마를 찧고 있었다. 피 칠갑이 된 이마의

피가 투명한 유리창에 점점이 붉은 도장을 찍었다. 어둠 속에서도 링링의 붉은 안광이 형형하게 빛났다. 초점 없는 동공이 우리를 보자 먹이를 포착한 짐승처럼 확연히 어금니를 드러내기 시작했다. 유리 타격음이 한층 더 빠르고, 강해졌다.

링링이 유리창에 이마를 미친 듯이 찧기 시작했다.

"위…… 위험해……."

방 창문은 출입문의 두꺼운 유리와는 다르다. 이대로는 버티지 못할 것이다. '쩌저적.' 우려한 대로 창문의 정중앙에 거미줄이 가기 시작했다.

"창문, 창문을 막아야 해요!"

고스트김이 외치며 복도의 서랍장들을 닥치는 대로 열기 시작했다. 나도 가만히 있을 수는 없었다.

"상남자 님, 도와주세요."

나는 방 안으로 성큼 들어서며 도움을 요청했다. 옆에 있던 상남자가 망설임 없이 나를 따랐다. 나는 측면에 있는 낡은 서랍장을 창가로 밀었다. 상남자도 내 뜻을 눈치챘는지 내 옆에 붙어 함께 서랍장을 밀었다. 순간 파열음과 함께 유리창이 산산조각 났다. 유리 조각들 사이로 보이는 링링의 입꼬리가 귀밑까지 올라갔다.

지, 지금 웃는 건가.

겨드랑이에 땀이 솟구쳤다. 끊임없이 땀이 나는데도 한기는 멈출 줄 몰랐다.

나예민의 고성과 링링의 그로울링이 한데 뒤섞였다. 마음이 급한 것과는 반대로 어두운 방바닥에 뭐가 걸렸는지 서랍장이 꼼짝을 안 했다. 깨진 창문 안으로 머리를 들이미는 링링을 보자 위기를 느낀 딱구리와 오덜덜이 서랍장 이동에 합류했다.

"으아아아아. 제발 좀 움직여라아아아."

남자 네 명의 힘에 마침내 꼼짝 않던 서랍장이 덜컹거렸다.

어렵사리 움직인 서랍장은 순식간에 창가로 이동됐고 이미 상반신이 넘어오는 링링을 손대지 않고 방 밖으로 밀어낼 수 있었다. 가녀린 체구로 어디서 이런 힘이 솟아나는 건지, 성인 남자 네 명이 온 힘을 다해 링링을 밀어야 했다. 등 뒤로 서랍장 나무를 긁어대는 소름 끼치는 소리가 이어졌다. 서랍장의 높이로는 창문을 모두 막을 수가 없었다.

머리 위로 링링의 피 묻은 손가락이 허공을 스쳐 갔다.

"모두 자세를 낮춰요."

화림이 뛰어 들어와 허리를 한껏 낮춘 우리 머리 위로 마대 자루를 휘둘렀다. 둔탁한 타격음과 이빨이 맞부딪

치는 소리가 방 안을 채웠다. 가까스로 링링의 침입을
저지하고 있지만 이대로 계속 버티기는 힘들었다. 이윽
고 나무가 쪼개지는 떨림이 척추를 타고 흘렀다. 싸구려
합판을 덧댄 서랍장의 뒤편이 링링의 힘을 버티지 못한
것이다.

"이대로는 못 버텨요."

이를 악문 딱구리가 외쳤다.

"화림 님 조심하세요."

상남자의 말에 화림이 다부지게 고개를 끄덕였다. 땀
에 젖은 머리카락이 볼에 달라붙은 화림의 마대 자루 끝
이 어느새 새빨갛게 물들어 있었다.

그래, 이대로는 못 버틴다.

결정의 기로에 섰다. 이대로 방을 사수할 것이냐, 방
을 포기하고 복도로 밀려날 것이냐. 무엇이 유리한지를
두고 고민하는 사이 고스트김이 방으로 달려들었다.

"이걸로 창문을 막아 버려요."

그녀가 들고 온 것은 묵직한 철제 공구 통이었다.

고스트김은 우리 앞에 공구 통의 뚜껑을 열어 보였다.
얼핏 봐도 망치나 접이식 톱과 같은 공구들이 가득 차 있
는 것을 알 수 있었다.

당장이라도 저 망치로 링링의 머리를 깨 버리면 어떨

까. 하지만 이내 포기했다. 혹여 머리를 깨려다 작은 상처라도 입는 날에는 나 역시 피와 고기를 갈망하는 좀비가 돼 버릴지도 모를 일이니까.

더 이상의 피해자를 내지 않고 최대한 안전한 길을 찾는 게 나의 일이 아닌가.

고스트김이 공구 통을 가져온 건 링링의 머리를 깨부수라는 의미가 아니라는 건 알고 있었다. 공구 통에는 망치와 함께 대못도 들어 있었다. 나는 옆에서 안간힘을 쓰는 딱구리와 오덜덜에게 말했다.

"서랍장은 상남자님과 제가 밀고 있을 테니. 딱구리, 오덜덜 님은 이 공구로 창문을 막아 주세요. 어서요."

"그, 그래요. 빨리 좀 막아 줘요."

상남자도 악을 쓰며 내 말을 이어받았다. 나는 이어서 복도 끝으로 피신한 나예민과 여전히 정신이 나간 찰진고양이를 향해 외쳤다.

"나예민 님. 찰진고양이 님도 어서 정신 차리고 창문 막는 걸 도와주세요. 우리가 살려면 그 길뿐입니다. 어서요!"

강한 어조 때문인지 나예민이 마지못해 방으로 다가왔다. 조금은 진정됐는지 찰진고양이도 천천히 자리에서 일어서 주었다.

딱구리와 오덜덜이 재빨리 복도로 뛰쳐나간 뒤 얼마 지나지 않아 둔탁한 충격음과 나무 쪼개지는 소리가 들렸다. 방으로 들어서는 둘의 손에는 부러진 목재들이 들려 있었다. 목재에 음각으로 조각된 손잡이가 달려 있는 것을 보니 아마도 복도에 있던 장식장을 때려 부순 것이리라.

딱구리와 나예민, 오덜덜과 찰진고양이가 창문의 양 끝에 목재를 대고 망치질을 시작했다. 그사이 나와 상남자는 서랍장으로 밀어내고, 화림은 대걸레를 휘둘러 링링을 창문에서 떨어트렸다.

실로 놀라운 콤비네이션이었다. 오늘 처음 본 사이지만 극한 상황임을 감안할 때 놀라운 합이 아닐 수 없었다. 이게 생존을 향한 초인적인 집중력이라는 건가.

구멍이 숭숭 뚫려 엉성하지만 링링의 침입을 막을 정도로 창문을 틀어막았다. 물론 다른 두 방의 창문도 마찬가지였다. 다른 두 방에는 창문형 에어컨이 설치되어 있었다. 에어컨 옆 창문을 열어도 에어컨에 가로막혀 30㎝ 정도밖에 열리지 않았다. 그 작은 틈으로 링링이 침입할 수는 없다는 판단에 에어컨 위쪽의 공간만 목재로 덧댔다. 결국 장식장의 목재로는 모자라 방 안의 장롱까지 부숴 버려야 했다.

미친 듯이 달려들어 괴력을 발휘하던 링링도 자신의 힘으로는 목재 해체가 불가능하다는 것을 깨달았는지, 우리가 보이는 창문 앞을 서성일 뿐, 그 이상의 액션을 취하지는 않았다.

먹이를 앞에 두고 닿을 수 없는 링링의 거친 숨소리가 폐가 주변에 흘렀다. 달빛을 받아 붉은 안광을 빛내는 링링의 얼굴이 왠지 바짝 독이 오른 것처럼 보이는 건 단순한 나의 착각일까.

우리는 폐가의 창문을 모두 막은 뒤, 현재 상황을 되짚어 보기 위해 복도로 모였다.

5장

폐가 안을 비추던 쪽진 석양마저 완전히 사라졌다.

한 치 앞도 분간할 수 없는 완벽한 어둠이 내려앉았다.

복도를 더듬어 조명 스위치를 올렸지만 당연하게도 불은 들어오지 않았다. 결국 저마다 휴대폰의 라이트 기능을 켜 어둠을 몰아냈다. 전등에 비할 바는 못 되지만 그런대로 서로를 식별할 수는 있었다. 다만 기지국 안테나를 찾는 데 소비한 것에 라이트가 더해지니 배터리의 소비량은 급격히 빨라졌다. 이대로는 얼마 버티지 못할 듯싶었다.

해가 졌지만 여전히 끈적이고 무더웠다.

문과 창문을 막은 폐가는 흡사 찜통과 다름없었다.

망할 놈의 열대야. 시원하게 비라도 쏟아지면 나으련만. 집에 가서 찬물로 샤워하고 싶은 마음이 굴뚝같았다. 대관절 이게 무슨 개고생이란 말인가. 휴대폰 라이트에 비치는 일행의 얼굴은 불과 반나절 만에 몰라볼 정도로 수척해져 있었다.

뭐, 이해가 안 되는 건 아니다. 내 얼굴도 그들에겐 똑같아 보일 테니.

"저게 정말 좀비일까요?"

딱구리가 뿔테 안경의 중심을 손가락으로 밀어 올리며 입을 뗐다.

"지금 좀비냐 아니냐가 중요한 게 아니죠, 구리 님. 여기서 나갈 수 있느냐 없느냐가 더 중요하지 않을까요."

고스트김이 턱을 들고 말했다. 화림도 작게 고개를 끄덕거렸다. 그녀의 목에 걸려 있던 헤드폰은 난리통에 어딘가 떨어트렸는지 사라지고 없었다.

“좀비든 뭐든 어차피 하나 아닙니까. 우린 자그마치 8명입니다. 우리가 힘을 합치면 좀비 하나 제압 못 할까요. 어때요?”

상남자가 눈빛을 빛내며 주먹을 쥐어 보였다.

“길이가 긴 목재로 좀비를 제압한 뒤, 망치로 얼굴을 깨부숩시다. 아까 미친개를 보셔서 아시겠지만, 머리를 완전히 아작 내면 움직임을 멈추더군요. 저 밖의 좀비도 마찬가지일 거예요.”

“좀비가 아니라 링링 님이라고요.”

찰진고양이가 나직이 중얼거렸다. 하지만 상남자는 못 들은 척 말을 이었다.

“저 밖의 괴물은 더 이상 인간이 아니에요. 산 사람은 살아야 되는 거 아닙니까. 여기 계신 분들도 저렇게 되고 싶습니까? 그게 아니라면 당장 저 좀비를 죽여 버리고 이 빌어먹을 산을 내려가자고요.”

순간 플래시 빛을 받는 상남자의 눈빛이 희번덕거렸다. 상남자가 일행의 얼굴에 일일이 플래시를 비췄다. 딱구리와 오덜덜은 동조하듯 상남자와 눈길을 마주쳤다.

겉보기에는 겁 많은 십덕인 것 같은데 의외의 모습이다. 좀비 영화로 단련이 돼서 그런가. 하지만 현실은 영화와 다르다는 걸 그들도 모르지는 않을 것이다.

　창백한 얼굴의 찰진고양이는 자신의 어깨를 감싸며 상남자의 눈길을 애써 피했다. 나예민도 목걸이를 만지작거리며 회피한다. 화림은 포커페이스 그 자체. 표정만으로는 무슨 생각인지 도무지 알 수가 없다. 고스트김은 내키지 않는 표정이지만 이내 고개를 주억거렸다. 3명의 투사가 생긴 상남자의 얼굴이 대번 환해졌다.

　나는…… 반대였다.

　"전 반대입니다."

　만족스러운 얼굴의 상남자가 고개를 돌렸다. 그의 미간에 내 천(川)자가 새겨졌다.

　"왜죠? 트리거 님."

　대답을 재촉하는 눈빛. 나는 일행의 시선을 한 몸에 받으며 천천히 입을 뗐다.

　"물론 우리들이라면 링링을 제압할 수 있을 겁니다."

　나는 잠시 멈춘 뒤 검지를 세웠다.

　"하지만 일이 틀어진다면요. 누군가가 링링에게 감염된다면 연쇄 감염을 막아 낼 수 있을까요? 개에게 물린 뒤 링링이 저렇게 되기까지 몇 분이 걸렸다고 생각합니까? 불과 3~4분이었어요. 이제껏 알고 있던 어떤 질병보다 빠른 전염력과 치명력입니다. 실로 믿을 수 없는 속도예요."

찰진고양이가 떠올리기 싫은 기억을 떠올린 듯 몸을
부르르 떨었다. 딱구리의 목울대가 눈에 띄게 올라갔다
가 내려갔다.

나는 중지를 세우며 말했다.

"자, 그것뿐인가요? 우리가 놓치고 있는 게 있습니다."

"놓치다뇨? 그게 뭔가요."

상남자가 바로 물었다.

"미친개요."

"미친개?"

"강아지가 유기견으로 보이지 않은 것 말씀이군요."

화림이 손가락으로 턱을 짚으며 말했다. 나는 화림을
향해 손가락을 튕겼다.

"바로 맞췄습니다. 개새끼가 미쳐 발광하기 전까지만
해도 머릿속이야 어떻든 외견으로는 멀쩡해 보였죠. 게
다가 똥개도 아니고 품종견이었습니다. 유기견이 아니
었단 말입니다. 보시다시피 이 폐가에서 키우던 개새끼
가 아닙니다. 폐가 상태를 보면 알겠지만 사람의 손길이
끊긴 지 꽤 오래돼 보이죠."

오덜덜이 끼어들었다.

"누군가 버린 강아지였을 수도 있죠."

나는 오덜덜을 향해 말했다.

"뭐 그렇게 볼 수도 있겠군요. 버려진 개가 주인을 찾아 헤매다 폐가에 왔을 가능성도 있겠죠. 다만 버림받았건, 인근의 인가에서 길을 잃고 온 개이건 그건 상관없습니다."

나는 일행이 스스로 생각할 시간을 주기 위해 잠시 쉬었다 말을 이었다.

"개가 우리 앞에 나타났을 때는 이미 인수공통전염병에 걸린 상태였고 질병의 빠른 진행 속도로 볼 때 개의 주인 역시 이미 좀비가 되었을 가능성을 피할 수 없다는 겁니다."

무거운 정적이 감돈다. 내 말뜻을 이해한 일행의 얼굴에 짙은 그늘이 졌다.

"트리거 님 말뜻은……"

상남자가 침을 꿀꺽 삼키고 말을 이었다.

"이 산 아래. 혹은 근처의 인가는…… 이미 좀비들로 득실거릴지도 모른다는 말인가요?"

나는 침통한 표정으로 고개를 끄덕였다.

휴대폰이 터지지 않아 바깥 상황을 알 수가 없고, 우리는 깊은 산속의 폐가에 고립됐다. 나 역시 인정하기는 싫지만 최악의 가능성도 염두에 두어야 한다.

"하아…… 그럼 어쩌자는 말인가요."

딱구리가 자신의 머리를 마구 헝클어트리며 짜증 섞인 목소리로 말했다.

"마실 물과 식량은 전부 차에 있다고요. 배는 고프고 목도 말라 죽겠어요. 이대로 구조대가 올 때까지 폐가에 머물자는 건 아니겠죠?"

고스트김이 오른손을 살짝 들었다.

"우리 냉정하게 생각해요."

이번에는 일행의 시선이 고스트김으로 향했다.

"휴대폰 배터리는 거의 다 닳아 가요. 아마 삼십 분도 버티지 못할 거예요. 이런 어둠 속에서는 탈출이건, 링링 님을 제압하건 모두 위험해요."

"저도 동의해요."

화림이 오른손을 살짝 들었다. 고스트김은 화림을 향해 눈짓을 보낸 뒤 말을 이었다.

"다들 힘들겠지만 오늘 밤은 여기서 보내고 날이 밝으면 탈출하는 게 어떨까요. 다행인지는 몰라도 좀비가 된 링링 님의 이동속도는 상당히 느립니다. 우리가 링링 님의 주의를 다른 곳으로 돌리고 탈출한다면 충분히 안전하게 도망칠 수 있을 거라 생각해요."

화림이 다시 입을 열었다.

"저도 고스트김 님 의견에 동의해요. 폐가를 뒤져 보

면 공구 통처럼 뭔가 쓸 만한 게 나올지도 모르죠. 휴대폰 배터리가 다 닳기 전에 폐가 안을 수색하는 것도 좋을 것 같아요.”

“링링이 문을 부수고 들어오지는 않을까요? 겨우 고리식 걸쇠만으로 괴력을 쓰는 링링을 막기에는 역부족이지 않을까요.”

찰진고양이가 두 손을 가만두지 못하며 걱정스레 말했다.

“그래, 가만히 앉아서 죽는 건 딱 질색이라고.”

나예민도 앙칼진 목소리로 히스테릭하게 덧붙였다.

“지금까지 링링의 모습을 봤을 때 그건 걱정하지 않아도 될 것 같습니다.”

나는 단호하게 말했다.

“그걸 어떻게 알죠?”

상남자의 의문에 나는 머릿속의 생각들을 정리해 이야기를 시작했다.

“아무래도 질병이 발병한 뒤부터는 우리들처럼 일반적인 사고를 할 수가 없는 것으로 보입니다. 잡아당기면 열리는 대문을 그저 힘으로 밀기만 했던 일이나, 옆으로 밀어서 여는 미닫이창을 이마로 깨부수는 것을 보면 알 수 있죠.”

나는 삐죽이 올라와 까끌거리는 턱수염을 쓰다듬으며
말을 이었다.

"인간이었을 때의 사고는 마비되고, 그저 식욕 본능만
남아 있다고나 할까요. 그러니 고리식 걸쇠까지도 필요
없이 손으로 잡아 돌려야 하는 문조차 열지 못할 거라고
생각합니다. 조금 전 링링의 행동을 떠올려 보시면 이해
가 될 겁니다."

딱구리가 자신의 손바닥을 주먹으로 치며 말했다.

"아아. 아까 전 트리거 님이 문손잡이를 조사하다가
밖으로 넘어진 게 그 때문이군요."

"그래도 이런 폐가에서 하룻밤을 묵는 건 별론
데……."

나예민은 여전히 내키지 않는 듯했다. 상남자도 나
예민의 의견에 맞장구를 치려는 사이 내가 먼저 선수를
쳤다.

"자자, 그럼 다수결로 정하죠. 지금 바로 탈출할지,
아니면 날이 밝고 탈출할지를요."

다행히 다수결 결정은 모두가 동의하는 분위기였다.
우리는 재빨리 거수를 했고 결과는 근소한 차이로 폐가
에서 하룻밤을 묵는 것으로 결정 났다. 속내야 어떻든
더 이상 시간을 낭비할 수 없었다.

딱구리와 오덜덜과 화림은 먹을 것을 찾기 위해 부엌을, 나예민과 찰진고양이는 방 안을, 나와 상남자는 창고를 수색하기로 했다.

6장

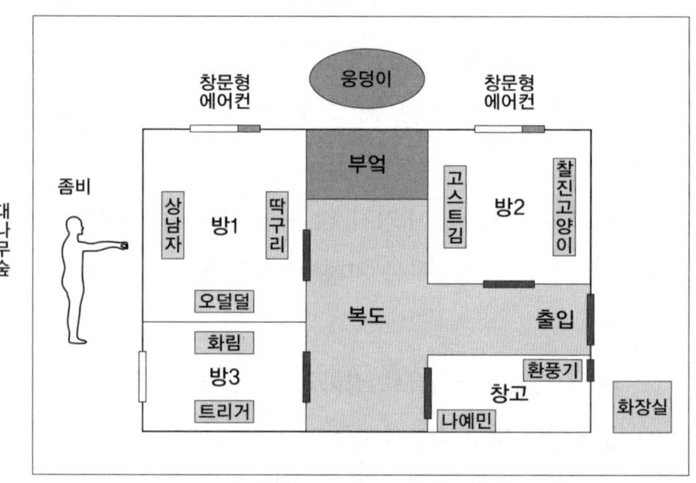

아쉽게도 부엌에 먹을 만한 음식은 없었다.

지하수를 끌어 올린 물에서는 썩은 내가 풍겨 도저히

마실 수가 없었다. 땀을 비질비질 흘리는 딱구리는 울상을 지었다. 그렇다고 소득이 전혀 없는 건 아니었다. 희소식도 있었다. 창고에서 휴대용 발전기를 찾은 것이다.

산중의 불안정한 전기 공급을 대비하기 위한 발전기이리라. 음료수 페트병에 절반 정도 담긴 휘발유도 찾아내 바로 전기 공급이 가능했다.

아웃도어 캠핑에서 휴대용 발전기를 사용해 봤다는 상남자는 능숙하게 휘발유를 주유한 뒤 발전기를 가동시켰다. 쌓인 먼지를 토해 내듯 푸드덕거리는 소리에 이어 모터가 규칙적으로 돌아가자 전등에 희미한 불빛이 돌기 시작했다.

어둠을 밝힌 복도 중앙등 아래 우리들은 이곳에 온 이래 처음으로 환한 표정을 지었다. 혹여 방 안의 불빛이 창밖으로 새어 나가는 것을 막기 위해 창문에는 이불을 찢어 걸어 두었다. 여전히 흉가 주변을 맴도는 링링을 자극하지 않기 위한 대책이었다.

불이 들어오니 그동안 미처 눈에 보이지 않았던 부분이 들어왔다.

"이, 이게 대체 뭔가요……."

깨진 유리 조각을 치우기 위해 세 번째 방에 들어온 오덜덜이 숨을 삼켰다.

우리는 세 번째 방으로 달려왔고 아연실색했다. 방 안의 문이며 벽지에 노란색 부적이 덕지덕지 붙어 있던 것이다.

"귀신이 나오는 폐가의 원인이 이 방인지도 모르겠군요."

부적을 유심히 살피던 화림이었다. 나는 침을 꿀꺽 삼켰다. 설마 집 밖에서는 좀비, 집 안에서는 귀신과 사투를 벌여야 하는 건 아니겠지.

언뜻 피어오른 불길한 생각을 털어 내기 위해 고개를 크게 흔들었다.

세 번째 방을 나온 우리는 무언가에 이끌리듯 첫 번째 방으로 모여들었다. 에어컨 때문이었다. 첫 번째 방의 창문형 에어컨이 전기 공급으로 가동된 것이다. 두 번째 방에도 창문형 에어컨이 있었지만 고장이 났는지 꿈쩍도 하지 않았다. 방을 정리하던 일행은 잠시 에어컨 송풍구 앞에 서서 땀을 식혔다. 망할 열대야의 습도가 조금은 떨어지는 것 같았다.

모두가 일사불란하게 방을 정리하고 대걸레 두 개로 방바닥을 닦아 잘 준비를 마쳤다. 휴대폰 배터리가 방전돼 시간을 확인할 수는 없었지만 자정을 넘은 시각임은 분명했다. 가장 민감한 화장실 문제는 방법이 없었다.

용변을 보겠다고 위험을 무릅쓰고 링링이 있는 집 밖으로 나갈 수는 없었으니까. 어쩔 수 없이 성별을 나눠 부엌 싱크대에 차례로 일을 보는 것으로 해결했다.

모두가 지칠 대로 지쳐 있었다. 평상시보다 극한 상황에서의 체력 소모가 훨씬 큰 것이리라. 신경이 곤두서 있는데도 눈꺼풀이 무거워졌다. 스스로 양 볼을 손바닥으로 때리며 계속 잠을 쫓았다.

이제 대망의 잠자리 정하기 시간이 다가왔다.

내색은 안 했지만 모두가 에어컨이 가동되는 방을 원할 터. 하지만 에어컨이 있는 방은 단 하나뿐이었다. 그렇다고 방 하나에 남녀가 뒤섞여 밤을 보내려는 생각은 추호도 없는 듯했다.

"저기, 이제 자야 하는데 방 배정을 어떻게 할까요."

고스트김의 말을 기점으로 상남자와 딱구리, 오덜덜이 선점하듯 손을 번쩍 들었다. 상남자가 그들의 대표인 양 말했다.

"미리 물어봤는데 딱구리와 오덜덜이 코를 많이 곤다더군요."

상남자가 뒷머리를 어루만지며 말을 이었다.

"물론 저도 그에 뒤지지 않게 코를 곱니다. 기왕이면 코를 고는 사람끼리 모여 자는 게 좋지 않을까 싶네요.

마침 첫 번째 방 침대가 딱 3개이기도 하고요. 하하하.”

고스트김이 혀를 차며 “나도 코 고는데…….”라고 중 얼거렸지만 상남자는 듣지 못한 척했다. 결국 방 선택은 선착순이라 생각했는지 고스트김은 옆에 있던 찰진고양 이의 어깨를 잡아끌며 말했다.

“저랑 찰진고양이 님도 코 많이 골아요. 그러니 두 번 째 방에서 잘게요. 마침 침대도 딱 2개네요.”

찰진고양이의 표정을 보니 급히 결성된 코골이 듀오인 듯하다. 어찌 됐건 이제 남은 방은 하나. 남은 사람은 화 림과 나 그리고 나예민이다. 세 번째 방을 두 여성에게 주고 나는 창고에서 자야 하나라는 생각을 하던 찰나, 나예민이 시니컬하게 목소리를 높였다.

“전 잠귀가 밝아서 다른 사람하고는 절대 같이 못 자 요. 누가 잤는지도 모를 침대도 불결해서 쓰고 싶지 않 네요. 제가 창고에서 혼자 잘게요.”

예상치 못한 전개에 어안이 벙벙해졌다.

나예민이 정말로 예민해서인지 어떤지는 모른다. 다 만 모두가 세 번째 방을 제외한 나머지 방들은 방문의 똑 딱이 잠금장치로 문을 잠글 수가 있다는 사실을 알고 있 다. 부적이 덕지덕지 붙은 세 번째 방은 똑딱이 버튼이 망가져 문을 잠글 수가 없었다.

창고는 외벽과 맞닿은 위쪽으로 낡은 환풍기가 달려 있었다. 그러나 두 번째 방의 에어컨과 마찬가지로 전기가 들어와도 동작은 되지 않았다. 그럼에도 문을 잠글 수 있고 외부와 통하는 창문조차 없는 창고는 그야말로 폐가에서 가장 안전한 장소가 아닐까.

나예민의 창고 선택은 그런 이유가 깔려 있었을 것이다.

그건 그렇고. 그럼 나와 화림이 한 방에서 밤을?

퍼뜩 든 생각에 재빨리 화림의 얼굴을 살폈다. 나도 모르게 얼굴이 화끈거리는 것 같았다. 하지만 화림의 얼굴은 여느 때와 다름없는 무표정 그 자체. 도무지 무슨 생각인지 읽을 수가 없었다.

나는 화림에게 슬쩍 다가가 속삭였다.

"괘, 괜찮겠어요?"

"네, 물론이죠."

화림은 한쪽 눈을 찡긋거리더니 흔쾌히 고개를 끄덕였다. 순간 가슴속 온기가 확 온몸으로 퍼지는 것이 느껴졌다. 모르는 중년 남자와 한방을 쓴다는 게 쉽지 않은 일인데, 이렇게 아무런 내색이 없다니.

무뚝뚝해 보이지만 속은 따뜻한 사람이었구나.

MZ들 사이에서 어지간히도 소외감을 느꼈나 보다. 바보같이 코끝이 시큰거렸다.

"흐아아아암. 그럼 이제 자러 가도 되죠?"

딱구리가 두툼한 두 팔을 쭉 뻗으며 늘어지게 하품을 했다.

일행은 각자가 정한 방으로 들어갔다. 문 안쪽에서 똑딱이 단추로 방문을 잠그는 소리가 들렸다. 그러고 나서 방문 아래로 비치던 불빛이 하나둘 꺼졌다.

어느새 텅 빈 복도에는 나와 화림만이 남았다.

"우리도 가요."

화림이 내 블루종 옷깃을 슬쩍 잡아끌었다.

"네, 네……."

나는 화림에게 끌려가다시피 세 번째 방으로 들어갔다.

예상대로 방문은 잠기지 않았다. 좀비가 집 안으로 침입할 가능성은 적었지만 그렇다고 그 가능성이 제로는 아니었다. 밤새 불침번을 설 생각이었지만 그 외의 안전장치가 필요했다.

나는 궁리 끝에 양쪽 스니커즈의 끈을 풀어 방문 손잡이의 오목한 틈과 행거를 걸기 위해 옆 벽에 박아 둔 못 사이를 팽팽하게 동여맸다. 시험 삼아 방문을 잡아당기니 문이 들썩이긴 해도 사람이 드나들 정도로 열리지는 않았다. 물론 강한 힘을 준다면 스니커즈의 끈이 끊기겠지만 그전에 미리 알아차릴 수 있을 것이다.

이 정도면 됐다.

나는 작게 한숨을 쉬고 이마의 땀을 훔쳤다.

"수고했어요. 이제 좀 쉬어요. 오 형사님."

"……네 ……에?"

등 뒤에서 들린 예상치 못한 말에 나는 그대로 얼음장처럼 굳어 버렸다.

7장

낡은 침대에 걸터앉아 나를 바라보며 빙긋이 미소 짓는 화림. 그녀의 콧망울 피어싱이 전등 빛을 받아 반짝였다.

뭐지, 나를 알고 있었나. 아니, 그보다 언제부터…….

화림은 얼빵한 표정을 짓는 나를 보며 더욱 크게 웃었다. 그러더니 금세 웃음기를 거두고 서운한 표정을 지어 보였다.

"어라, 정말 놀란 표정이네. 진짜 저 못 알아보시는 거예요?"

"아니, 그게…… 그러니까."

낯이 익은 건 분명하다. 처음 볼 때부터 그렇게 느꼈으니까. 하지만 알고 있는 사람들의 얼굴을 전부 대입해도 떠오르는 이는 없었다.

내가 어찌할 바를 몰라 우물쭈물하는 사이 화림이 침대에서 벌떡 일어나 내게로 다가왔다.

"자세히 봐 봐요. 이제는 알겠어요?"

인사하듯 허리를 숙인 뒤, 자신의 단발머리를 올백으로 넘겨 이마를 까는 화림. 달걀형의 이마를 보자 그제야 안개처럼 뿌연 머릿속에서 한 사람이 떠올랐다.

"아…… 보, 보살님?"

나도 모르게 말을 더듬었다.

날 티 나는 화림이 대한민국을 주름잡는 소녀 무당 루다였다니. 내겐 좀비와 맞닥뜨린 것과 맞먹는 충격이었다.

"정말 루다 보살님이세요? 대체 여긴 어떻게……. 아니, 그보다 차림새가 왜……."

루다는 뭐가 그리 웃긴지 까르륵 웃음을 터트린 뒤, 회색 단발머리를 다시 정리했다.

"잠입을 하느라 외모에 변화를 줘 봤어요."

루다는 자세를 잡은 뒤, 눈빛을 빛내며 물었다.

"어때요? 이런 모습도 잘 어울리지 않나요?"

이마에 땀이 삐질 솟았다. 나는 쓴웃음을 지으며 서툴게 고개를 끄덕였다. 뜨뜻미지근한 반응에 루다는 회색 머리를 비비 꼬며 말했다.

"뭐, 형사님 취향과는 반대인가 보군요."

"염색이야 그렇다 쳐도 피어싱은 이번에 하신 건가요?"

나는 나의 콧망울을 집게손가락으로 짚으며 물었다. 루다는 다시 생기 어린 얼굴로 답했다.

"이거 가짜예요. 끈끈이로 붙이는 접착식이요. 호호."

루다가 콧망울의 피어싱을 떼었다 붙여 보였다.

"염색도 컬러 스프레이지만 커트는 진짜예요. 매일같이 올림머리가 지겨워서 이번에 과감히 잘라 봤죠."

이러니 못 알아보는 건 당연하다. 나는 스스로 납득했다.

나 같은 형사 눈썰미로도 한복을 벗어던지고 대변신을 감행한 루다의 변신은 전혀 예상치 못한 것이다. 느닷없는 루다의 등장이 반가웠지만 머릿속은 한층 더 혼란스러워졌다.

"얼마 전엔 죽은 망자들이 눈앞에 나타나서 온 나라를 뒤집더니. 글로벌 퇴마 의식으로 겨우 망자 소동이 끝난 게 엊그제 같은데 이번에는 좀비가 날뛰는군요."

눈 속이 모래가 들어간 것처럼 꺼끌거렸다. 나는 손바

닥으로 눈두덩이를 지그시 눌렀다. 갑자기 실소가 터져
나왔다.

"하하, 참나. 대체 세상이 어떻게 되려고 이러는
지……."

이대로는 미쳐 버릴 것 같았다. 안정을 되찾아야 했다.

담배. 난리통에 벌써 몇 시간째 피지 못한 담배 생각
이 간절해졌다. 실례인 줄 알지만 망설임 끝에 루다에게
양해를 구하기로 했다.

"저기. 루다 보살님. 할 이야기는 차고 넘치지만 일단
천천히 담배 한 대 피우고 시작해도 될까요."

루다는 다시 침대에 털썩 걸터앉아 고개를 끄덕였다.

"죄송하지만 문가에서 피우겠습니다. 괜히 환기라도
시키려 창가에 다가갔다가 링링에게 멱살이라도 잡히면
낭패니까요."

그렇게 설명한 뒤, 바지 주머니에서 담배 한 개비를
꺼내 입에 물었다. 그러고 나서 블루종 안주머니에서 소
형 리볼버 권총을 꺼내 들었다.

루다의 동그란 눈동자가 대번 크게 뜨였다.

"오 형사님. 그거……."

루다가 침을 꿀꺽 삼킨 후 말을 이었다.

"뭐예요. 진작 총이 있는 걸 알았으면 우리가 이런 고

생을 할 필요도 없었는데. 한국 경찰이 사람에게 총을 쏘면 안 된다는 건 저도 알고 있지만…… 그래도 좀비는 다르잖아요. 안 그래요?”

뭐 이건 예상했던 반응이다. 나를 놀라게 한 것에 대한 소심한 복수랄까.

훗. 나는 말없이 총구를 담배 끝에 대고 방아쇠를 당겼다. 이어서 ‘딸깍’ 소리와 함께 총구 끝에서 노란 불꽃이 올라왔다.

“헐, 뭐야!”

루다의 어이없어 하는 목소리를 뒤로한 채, 깊은 들숨으로 불붙은 담배 연기를 폐 속 깊숙이 빨아들였다. 니코틴이 몸속에 흡수되면서 혼란한 마음에 안정이 찾아왔다.

“일회용 라이터 가스가 떨어져서 되는 대로 집다 보니…….”

권총을 든 손을 쭉 펴서 사격 자세를 취해 보였다.

“천안 흥타령 축제에서 뽑기로 뽑은 녀석이죠. 후후후.”

방아쇠 고리에 손가락을 걸어 멋들어지게 빙그르르 돌린 뒤 블루종 안주머니에 집어넣었다. 바로 담배를 한 번 더 빨아들이자 불꽃이 담배를 따라 붉게 타올랐다.

“가까이서 보면 누구나 알아챌 정도로 조악한 장난감

입니다. 그나저나 잠입이라뇨? 루다 님은 폐가 체험에
어떻게 오신 건가요?”

“그게 말이죠…….”

그 뒤로 루다와 한참 동안 이야기를 나눴다.

루다는 매일같이 오컬트에 빠져 사는 재벌 집 딸 나예
민 때문에 폐가 체험까지 따라왔다고 했다. 부모 말이라
면 껌뻑 죽던 아이가 돌변한 건, 귀신에 씌어 그런 게 분
명하다나. 딸에게 빙의된 귀신을 쫓아 달라는 의뢰를 받
았단다.

나예민 자체는 귀기가 전혀 없어 망설였는데, 복채를
두둑이 건네는 바람에 만사 제치고 따라올 수밖에 없었
단다. 그토록 예민한 성격에도 이런 폐가 체험 오프 모
임까지 따라 나온 나예민을 보면 과연 중증은 중증인가
싶기도 하고. 그것과 별개로 고스족 복장으로 한숨을 푹
내쉬는 루다는 여전히 내가 알던 신령님이 맞나 싶을 정
도로 나를 헷갈리게 만들었다.

나 역시 이곳에 온 이유를 말해 주었다.

비록 민간인이지만 그동안 여러 사건을 함께 헤쳐 온
사이인 만큼 거짓을 말할 이유는 없었다.

“근래 폐가 체험에 참여한 사람들의 실종 사건이 연이

어 발생하고 있는 걸 아십니까?"

"이런 모임이 꽤 많은가 보죠?"

"네, 포털에 폐가 체험만 쳐도 관련 카페가 꽤 나옵니다. 오프 모임도 전국 각 지역에서 별도로 운영되고 있고요."

"그렇군요. 귀신을 찾는 사람들이 이렇게 많은 줄은 몰랐어요."

"저도 솔직히 놀랐습니다. 그런데 타 지역에서 실종된 폐가 체험원을 찾던 중 이상한 점이 발견됐어요."

"이상한 점? 그게 뭔가요."

"주최자의 행방이 묘연하다는 겁니다."

"묘연이라……."

"네. 폐가 체험 카페 협조로 주최자의 신상을 받았는데 이름과 나이, 주소까지 모두 허위로 기재 되어 있는 건 물론이고, IP 추적 결과 해외 서버에서 접속한 것으로 나온 겁니다. 이 해외 서버도 IP 추적을 피하기 위해 멀웨어에 감염된 좀비 PC로 보여지고요."

"PC조차 좀비군요……. 아무튼, 실종 사건이 발생한 오프 모임 주최자들이 전부 좀비 PC를 사용했다는 말인가요?"

"그렇습니다. 뭔가 구린내가 풀풀 나죠. 그래서 천안지부에서 열린 이번 오프 모임에 제가 잠입하게 된 겁니다.”

“함께 다니던 젊은 동료분은 어쩌시고 혼자 오셨어요.”

“연쇄살인범이 천안에 출몰하는 바람에 모든 수사관들이 그 사건에 매달린 상황입니다. 흉가 체험 잠입은 체험자가 실종된다는 보장도 없고 실적도 확실치 않아서 지원자가 없었어요. 게다가 타 지역 실종과 연관성을 찾은 게 저라서 어쩔 수 없이 혼자 오게 됐습니다.”

“형사님도 참 힘드시겠어요.”

“하아, 차라리 범인이라면 때려잡겠는데. 죽지 않는 좀비라니…… 이거 원. 너무 비현실적이라 아직도 실감이 나지 않네요.”

루다는 침울한 표정으로 대답 대신 고개를 끄덕였다.

이야기를 나누다 보니 시간이 꽤 흐른 듯했다. 턱관절에서 소리가 날 정도로 하품이 나왔다. 스마트폰이 꺼져 시간을 확인할 길이 없으나 밤이 깊은 건 분명했다. 나는 눈가에 눈물을 찍어 내고 루다에게 먼저 제안했다.

“이렇게 밤을 새는 건 체력적으로나 정신적으로 무의미합니다.”

침대 벽에 등을 기대어 앉은 루다가 퀭한 눈으로 나를 바라봤다. 나는 말을 이었다.

"한 시간씩 불침번을 서는 게 좋겠어요. 제가 먼저 문 앞을 지킬게요. 루다 님은 눈 좀 붙이세요."

잠시 망설이는 듯한 루다가 내게 물었다.

"정말 그래도 될까요?"

나는 자신 있게 주먹 쥔 오른손으로 가슴을 두 번 두드렸다.

"믿으세요. 제가 먹은 형사 밥이 십수 년입니다. 아직 체력적으로 후배들에게 지지 않을 정도로 짱짱하다고요."

내 말이 먹혀들었는지 루다는 그럼 부탁한다는 말을 남기고 그대로 침대에 쓰러졌다. 하루 종일 무척이나 피곤한 하루였으리라. 나는 맞은편 침대에 앉아 신경을 곤두세웠다. 사실 불침번은 루다를 재우기 위한 거짓말이다. 어차피 동이 트기까지 얼마 남지 않은 시간, 내가 밤을 새울 요량으로 짜낸 계책인 것이다.

하지만 그때는 몰랐다. 나의 체력을, 정신력을 과신하고 있었음을……

8장

귓전에서 앵앵대는 모기 새끼. 꺼져. 저리 꺼지라고.

정말이지 성가셔 미쳐 버리겠다. 하지만 정신은 현실로 나오기를 거부한다. 몸뚱이가 천근만근이다. 눈꺼풀은 무겁고 엉덩이는 배겨 죽겠다. 등을 대고 누우면 조금은 나아지려나.

짝!

"아야."

왼쪽 볼에 불에 덴 듯한 통증이 인다. 잠결에 모기를 잡겠다고 사정없이 볼을 후려갈겼나 보다. 원치 않게도 볼의 통증 때문에 꿈속을 유영하던 정신이 강제 소환당했다.

"하아, 망할 놈의 모기 새끼."

아쉬움과 원망이 가득 뒤섞인 한탄을 토해 냈다.

게슴츠레 눈을 뜨니 창문에 엉성하게 걸어 놓은 이불보 아래로 어슴푸레 새벽빛이 들어오고 있었다.

몇 시쯤 됐으려나.

무의식적으로 휴대폰을 꺼내 들었다가 방전된 사실을 떠올리고 도로 넣었다. 스마트폰의 노예는 아니지만 막상 없으니 여간 귀찮은 게 아니다.

"으으으으으."

허리가 뒤로 꺾이도록 늘어지게 기지개를 켰다. 우두둑거리는 척추뼈 맞물리는 소리가 요란하게 났다. 컨디션이 최악이다. 몸 전체가 누군가에게 뚜드려 맞은 것처럼 쑤셔 댔다. 오른팔을 빙글빙글 돌리는데, 곡소리가 절로 터진다. 그 소리에 맞은편 침대에서 애벌레 고치처럼 웅크려 자던 루다가 꿈틀거렸다.

잠시 등진 상태로 매무새를 정리한 루다가 부스스 몸을 일으켰다.

"잘 잤어요?"

내 말에 루다는 시선을 피한 채 작게 고개를 끄덕였다.

역시 자고 일어난 뒤인데도 한 치의 흐트러짐이 없다. 아니, 오히려 기품마저 흐른다. 확실히 신을 섬기는 사람은 다르긴 다르구나.

"저…… 혹시 제가 코를 골지는 않았나요?"

잠시 멍하니 바라보고 있자니 루다가 얼굴을 붉히며 물었다. 괜스레 오해를 샀나 보다. 나는 '기차 화통을 삶아 먹었을지언정 저도 자느라 듣지 못했습니다.'라는 말을 애써 삼키고, 가볍게 고개를 저었다.

아차차, 나는 서둘러 방문으로 시선을 던졌다. 다행

히도 문고리에 묶은 신발 끈은 그대로였다. 불침번을 서겠다며 객기를 부린 내가 창피했다. 화제를 돌리기 위해 서둘러 입을 뗐다.

"그나저나 지금 몇 시쯤……"

내가 미처 말을 마치기도 전에 루다가 자신의 입술에 검지를 세워 붙였다. 그러고 나서 단 둘뿐인 방에서 한껏 목소리를 낮추고 속삭였다.

"형사님, 무슨 소리 안 들리세요?"

"소리요?"

나 역시 목소리를 낮추고 귀를 기울였다.

주변이 조용해지자 정말로 뭔가가 들렸다. 희미하지만 뱃속에서부터 끌어 올리는 불규칙한 가래 소리 같은. 뭐랄까. 굳이 비교하자면 길게 끄는 신음 소리와 비슷하달까.

순간 심장이 '쿵' 하고 내려앉았다. 높낮이가 다른 신음 소리가 동시에 들렸다. 그 말인즉슨 한 명에게서 나는 소리가 아니란 뜻이다. 그리고 신음의 출처는 루다가 있는 침대 벽 너머. 바로 세 남자가 들어간 첫 번째 방에서 나는 소리였다.

등골이 서늘해졌다. 그와 반대로 비지땀이 곰팡이처럼 목에서 팔로, 팔에서 손으로 퍼져 나갔다. 피가 머리와 얼굴로 쏠려 관자놀이에서 뛰는 맥박이 느껴졌다.

나는 벽에 둔 시선을 루다에게 옮겼다. 루다가 나를 보았다. 나도 루다를 보았다.

잠시 무언의 시선이 오갔다. 루다는 심호흡을 한 뒤 확인하듯 말했다.

"무슨 일이 일어난 게 분명해요."

나는 한 일 자(一)로 굳게 입을 다문 채 침대에서 일어섰다. 낡은 침대 프레임의 삐걱이는 소리가 방 안의 숨막히는 정적을 깼다. 일단 방문에 귀를 붙이고 바깥의 기척을 살폈다. 복도로 통하는 방문은 첫 번째 방과는 달리 아무런 소리가 들리지 않았다. 나는 방문에서 얼굴을 떼고 루다에게 말했다.

"너무 조용한데요."

루다는 고개를 갸우뚱거리다가 내 말뜻을 눈치채고 물었다.

"휴대용 발전기가 멈췄군요."

"아무래도 그런 것 같습니다. 그 정도 휘발유로는 밤을 버티기에는 역부족이었던 거죠."

루다가 살짝 고개를 끄덕였다. 나도 고개를 끄덕여 보인 뒤, 약속이나 한 듯 문고리에 걸린 신발 끈을 조심스레 풀었다. 그러고 나서 방문을 살짝 열어 문틈 사이로 복도를 살폈다.

그사이 날이 많이 밝은 듯했다. 복도는 약간 어둡긴 했지만 충분히 육안으로 확인이 가능한 상태였다.

나는 좀 더 방문을 열어 출입문과 부엌 쪽을 살핀 후 복도에 아무도 없다는 것을 확인하고 방문을 열었다. 잠금 여부는 몰라도 출입문과 다른 방의 방문은 모두 닫힌 상태였다.

루다에게 잠시 기다리라고 말한 뒤, 재빨리 거실을 가로질러 출입구로 향했다.

당장이라도 좀비가 방문 밖으로 튀어나올까 심장이 조여 왔다. 쿵쾅거리는 심장을 애써 누르고 출입구 근처에 쓰러진 대걸레를 잡아 들었다. 이어서 걸레와 연결된 나무 윗부분을 발로 세게 밟았다. 두 번의 시도 끝에 걸레와 연결된 나무가 부러졌다.

"좋았어."

나무 끝 뾰족한 부분을 보면서 이 정도면 죽창 대용으로 쓸 수 있겠다고 생각했다.

"오, 좋은 무기가 생겼네요. 그런데 대걸레 하난 어디 갔지."

끄응. 잠깐만 방에서 기다리라니까. 그새를 못 참고 따라 나왔다. 나는 짜증을 억누르고 뻣뻣하게 대꾸했다.

"방 청소에 사용하고 그대로 그 방에 뒀나 보죠."

"방 지정 때 만해도 분명 복도에 두 개가 있던 걸 봤는데……."라며 중얼거리는 루다의 말은 외면했다. 루다도 자신의 무기를 들고 싶어 한다는 생각은 알겠으나, 이제껏 무구나 쥐어 본 가녀린 몸으로 괴력의 좀비를 상대할 수 있을 거라는 기대는 애초에 없었다.

그저 내 지시나 잘 들어줬으면 좋겠다는 생각이 굴뚝 같았다.

"그런데 출입문은 여전히 잠겨 있어요."

내 생각은 안중에 없는 듯 루다는 출입문을 살피고 있었다. 정말로 폐가 밖으로 나가는 유일한 출입문에 걸려 있던 잠금쇠 고리는 그대로였다. 그렇다면 방 안의 변고는 대체 뭐란 말인가.

어차피 머릿속으로 생각해 봤자 소용없다. 직접 눈으로 확인해야 한다.

나는 부러진 걸레 자루를 들고 첫 번째 방문 앞에 섰다. 조심스레 방문의 손잡이를 잡아 쥐었다. 손가락에 힘을 주고 서서히 돌렸으나 잠금쇠에 걸린 손잡이는 전혀 돌아가지 않았다. 방문이 잠겨 있는 것이다.

그러나 방 안으로 느린 신음의 합창이 문밖으로 새어 나왔다.

"부숴야 할까요?"

내 등 뒤에 바짝 몸을 붙인 루다가 물었다.

"그럴 리가요."

나는 뒤의 루다를 향해 엄지를 추켜 올렸다.

"문을 부수는 건 최후의 방법이죠. 이래 봬도 저 경찰입니다. 혹시 지금 머리에 꽂은 머리핀을 주실 수 있을까요?"

"머리핀요?"

루다는 선뜻 자신의 단발머리에 꽂은 클립형 머리핀을 내게 건넸다.

"여기서 나가면 하나 사 드리죠."라고 말한 뒤, 건네받은 머리핀의 클립을 구부려 길게 폈다. 그리고 손잡이의 열쇠 구멍에 넣으며 "이 정도 방문은 식은 죽 먹기랍니다."라고 덧붙였다. 하지만 어째서인지 클립은 열쇠 구멍 앞에서 뭔가에 걸린 듯 들어가지 않았다.

"왜 이러지."

의아한 나는 방문 열쇠 구멍에 얼굴을 가까이 가져갔다. 한쪽 눈을 감고 열쇠 구멍 안을 들여다보니 구멍 안에 점토 같은 것이 단단히 틀어막혀 있었다. 의도적으로 열쇠를 사용하여 문을 열 수 없게 만든 것이다.

"이 집의 주인은 가족이 열쇠로 방을 여는 걸 원치 않았나 봅니다.”

나의 말에 루다는 금세 침통한 표정을 지었다. 나는 서둘러 덧붙였다.

“그렇다고 아주 방법이 없는 건 아닙니다. 다시 한번 말씀드리지만, 이래 봬도 저 경찰이라고요.”

나는 지갑 속에서 빳빳한 신용카드를 꺼냈다. 호기심에 찬 루다의 시선을 느끼며 방문과 문틀 틈에 신용카드를 넣어 흔들었다. 곧 카드에 의해 방문의 잠금쇠가 ‘철컥’ 소리를 내며 풀렸다.

“휴.”

나는 잠시 이마의 땀을 닦은 뒤 루다를 향해 말했다.

“자, 이제 잠시 문에서 떨어지세요.”

루다는 잔뜩 겁먹은 표정으로 복도 맞은편 방 벽에 붙어 나를 지켜봤다. 나는 잠시 심호흡을 하고 방문 손잡이를 천천히 돌렸다. 마침내 스르륵 방문이 열리고 첫 번째 방 안의 처참한 광경이 눈에 들어왔다.

“이…… 이게 무슨…….”

9장

"욱."

문을 열자마자 뜨거운 공기와 함께 밀려 나오는 역한 피비린내에 나도 모르게 숨을 참았다.

너무나 지독한 썩은 내에 되는 대로 블루종 옷깃을 올려 코를 막고 재빨리 방 안을 훑었다. 상남자, 딱구리, 오덜덜. 방 한가운데 모여 있는 세 사람 외에 다른 사람은 없었다. 어찌 보면 당연한 사실임에도 놀랄 수밖에 없는 건, 바로 어제까지는 멀쩡했던 그들이 이제는 다른 존재가 되어 버렸다는 사실 때문이다.

"끄ㅇㅇㅇㅇㅇㅇㅇ......."

상체를 흔들거리며 기괴한 신음을 토해 내는 그들. 활동하지 않는 시간에 힘을 아끼려는 것인지 최소한의 움직임으로 서 있는 그들은 선 채로 잠이 든 것처럼 보였다.

선 채로 몸을 흔들며 이상한 소리만 내지 않았더라도 좀비가 되었는지 모를 정도로 세 남자는 외견상으로 별다른 외상을 찾아볼 수가 없었다.

'삐거덕.'

이런 젠장맞을.

기괴한 광경에 넋이 나간 그때. 문의 낡은 경첩에서 요란한 소리를 냈다.

바로 그 순간, 잠들어 있던 세 사람이 일제히 내게로 고개를 돌렸다. 그들의 눈동자는 하나같이 새빨간 물감을 푼 듯 붉게 충혈돼 있었다. 앞선 링링과 똑같이 말이다. 이내 서로가 팔을 뻗고 앞다퉈 나오는 게 아닌가. 서로가 뒤엉켜 걸어 나오는 모습은 그야말로 좀비 영화의 한 장면이었다.

나는 침을 꿀꺽 삼키고 오른손에 쥔 나무창을 힘껏 쥐었다.

"지금 뭐 하시는 거예요."

"으, 응?"

순간 목덜미를 잡아끄는 힘에 이끌려 나는 방문 밖으로 밀려났다. 눈앞에서 루다가 방문 손잡이를 힘껏 잡아당기자 쾅 소리를 내며 닫혔다.

미처 예상치 못한 일이라 속절없이 끌려갈 수밖에 없었다. 닫힌 방문 안에서는 방문을 쿵쿵 두드리는 소리가 한동안 이어졌다. 방문은 거칠게 흔들렸지만 부서질 정도는 아니었다. 아무래도 좀비는 시야에서 먹잇감이 사라지면 공격성이 현저히 줄어드는 것 같았다. 다시 먹잇감을 발견하기 전까지 힘을 비축하기 위함일까.

방문에서 떨어진 루다가 눈을 부릅뜨고 말했다.

"혼자서 셋을 어떻게 상대하려고 그래요. 어차피 좀비가 되고 나면 문을 여는 법도 잊어버리잖아요. 그저 문을 닫기만 해도 방 밖으로 나올 수가 없다고요."

관자놀이에서 식은땀이 주르륵 흘러내렸다.

루다의 말이 맞다. 나 역시도 이미 알고 있는 사실이다. 하지만 당황한 나머지 머릿속이 잠시 마비돼 버렸다. 얼굴이 화끈 달아올랐다.

"고, 고마워요."

나는 어설프게 인사한 뒤 얼굴에 흥건한 땀을 셔츠 앞섶으로 세수하듯 닦아 냈다. 그제야 안도의 한숨이 새어 나왔다.

세 사람은 어떻게 좀비가 된 걸까.

아무리 생각해도 이해되지 않았다. 세 사람 모두 옷 밖으로 눈에 띄는 상처는 없었다. 누군가 링링에게 물려 감염되었더라면 다른 두 명은 감염된 사람에게 물린 자국이 있어야 했다.

잠시 생각에 잠긴 사이 루다가 손목의 고무 재질의 머리끈을 빼 입에 물고 머리카락을 정리해 뒤로 모았다.

"다른 방도 확인해야 할 것 같아요."

머리끈으로 머리카락을 고정하며 루다가 말했다.

"아, 네. 그래야겠죠."

요란한 소동에도 두 번째 방과 창고에서 뛰어나오는 사람은 없었다. 느낌이 좋지 않았다.

나는 두 번째 방문 앞으로 갔다. 굳이 방문에 귀를 댈 필요는 없어 보였다. 곧바로 방문 손잡이를 잡아 돌렸다.

첫 번째 방과 마찬가지로 손잡이는 돌아가지 않았다. 잠긴 상태 그대로였다. 문이 잠겼다고 안심할 수는 없었다. 첫 번째 방도 잠겨 있었으니까 말이다. 다시 신용카드를 방문과 문틀 사이에 끼워 넣었다. 손잡이를 잡아 돌리며 카드를 흔들자 '딸깍' 소리와 함께 잠금이 풀렸다.

이 방 안에는 어떤 상황이 벌어져 있을까.

첫 번째 방처럼 당황하지 않기 위해 나름 심호흡을 하고 손잡이를 쥔 손에 힘을 주었다.

천천히 방문이 열리고.

"……!"

첫 번째 방과는 또 다른 처참한 상황에 나는 할 말을 잃어버렸다.

오른쪽 팔뚝에 무게감이 실렸다. 루다였다. 팔뚝을 감싸 쥔 손이 몹시 떨렸다.

가장 먼저 방 정면의 창문에 시선이 갔다. 창문형 에어컨에 걸었던 천 쪼가리는 이미 찢어졌는지 아침 해가 밝게 들이치고 있었다. 그렇기에 방 안의 상황이 더욱 확실하게 눈에 들어왔다.

창문형 에어컨이 설치되지 않은 쪽의 창문이 열려 있었다. 열린 창문의 창틀에서부터 방바닥까지 벽을 타고 흐른 대량의 핏자국이 선명하게 남아 있었다. 시선을 내리니 방바닥 한가운데 고스트김과 찰진고양이가 뒤엉켜 있었다.

첫 번째 방의 남자들이 뒤엉켜 있던 것과는 전혀 달랐다.

얼굴을 하늘로 향한 채 피눈물을 흘리며 누워 있는 찰진고양이. 핏방울이 튄 그녀의 부릅뜬 눈과 얼굴은 온통 고통으로 일그러져 있었다. 그녀에게서 흐른 피가 방바닥에 고여 피 웅덩이가 되어 있었다. 핏기 없이 싸늘하게 식은 안색. 움직임이 멎은 부릅뜬 동공. 진즉에 숨이 끊어진 듯했다.

반면 사망한 찰진고양이의 가슴팍에 올라탄 고스트김의 등짝은 쉴 새 없이 들썩거렸다. 등짝의 리듬에 맞춰 뭔가를 씹어 대는 소리가 방 안에 울려 퍼졌다.

지옥. 이곳은 진정 지옥인가.

방문을 잡은 왼손이 제어가 되지 않을 정도로 미친 듯이 떨렸다.

순간 고스트킴의 등이 갑자기 멈췄다. 이쪽의 인기척을 알아챈 것이다. 마침내 고개를 홱 돌린 고스트킴과 마주했다.

"흡!"

"흐악."

그렇게 다짐했음에도 터지는 비명을 참을 수가 없었다. 그건 루다도 마찬가지였나 보다.

붉게 충혈된 동공, 찰진고양이의 피를 만면에 뒤집어쓴 고스트킴은 흡사 새빨간 도깨비와 다름없었다. 그녀가 입에 물고 있는 곱창과 같은 것이 찰진고양이의 찢긴 뱃속과 이어져 있었다. 연신 쩝쩝거리며 저작하던 것은 찰진고양이의 내장이리라.

피에 번들거리는 고스트킴의 입술이 아침 볕에 더욱 빛났다.

"우욱……."

서둘러 손으로 입을 틀어막았다. 뱃속의 위액이 치밀어 올랐기 때문이다.

지옥이다. 이제껏 본적 없는 아비규환이 바로 여기다. 여전히 찰진고양이의 내장을 입에 문 채 비척이며 방문으로 다가오는 고스트김을 두고 나는 방문을 닫았다.

그대로 방문에 등을 기대고 눈을 감았다. 현기증이 일어 그대로 있을 수가 없었다. '쿵. 쿵.' 등으로 문을 두드리는 충격이 그대로 전달됐다.

하지만 이내 충격은 사라지고 거짓말 같은 고요가 찾아왔다. 방 안에는 아직 일용할 훌륭한 양식이 남아 있기 때문이리라.

"형사님…… 힘내세요."

눈을 뜨니 루다가 나를 올려다보고 있었다.

그녀의 안색도 시신 못지않게 창백했다. 그녀도 무척이나 힘들 것이다. 보통 사람이라면 제정신으로 있기도 힘든 상황일 것이다.

정신 차리자.

나는 스스로 두 뺨을 힘껏 때렸다. 얼얼한 통증 덕에 정신이 번쩍 들었다.

"고마워요. 덕분에 정신을 차렸어요."

루다의 얼굴에 옅은 미소가 스쳤다. 이어서 결연한 표정으로 말했다.

"이제 창고만 남았어요."

나는 어젯밤 루다의 이야기를 떠올리며 말했다.

"네, 루다님 의뢰인이 신청한 나예민 씨가 있는 방이요."

루다가 다시 고개를 끄덕였다.

우리는 마지막 방인 창고 앞에 섰다. 창고 문은 다른 방들과 마찬가지로 잠겨 있었다. 나는 창고 문 앞에서 다른 방에는 들리지 않을 정도로 작게 나예민을 불러 보았다. 사실 루다는 나예민을 부르는 것에 반대했지만 이때까지만 해도 나는 나예민이 겁을 먹고 방 밖으로 나오지 않는 것이라 생각했다.

이유는 창고야말로 이 폐가에서 가장 안전한 난공불락의 요새나 마찬가지이기 때문이다. 시건이 되는 창고 문. 창문 하나 없는 폐쇄적 구조. 좀비가 안으로 들어올 수 없는 작은 환풍기까지. 하나 나의 예상을 비웃기라도 하듯 방 안에서 돌아오는 대답은 없었다.

나예민이 아무리 겁을 먹었더라도 대답까지 회피할 필요는 없어 보였다.

"괜한 짓을 했군요."

나는 루다에게 쓴웃음을 지어 보인 뒤 신용카드를 문틈에 집어넣었다. 잠시 후 창고 문의 잠금장치가 풀렸고, 나는 천천히 창고 문을 밀었다. 열리는 문 안쪽으로 잡동사니가 쌓인 창고 안의 모습이 보이는데, 불현듯 비쩍 마른 손이 튀어나와 내 팔목을 붙잡는 것이 아닌가.

"으아아아."

앙상한 가지 같은 손아귀 힘이 얼마나 세던지 나는 속
절없이 창고 안으로 끌려 들어가다 발이 엉켜 넘어졌다.

　창고 바닥에 곤두박질치기도 했거니와 순식간에 벌어
진 일이라 정신이 하나도 없었다. 곧이어 등 뒤로 루다
의 새된 비명 소리가 창고 방에 진동했다. 낭패감이 밀
려왔다. 서둘러 땅을 짚고 일어서려는데 한쪽은 뉴발란
스 운동화를 다른 한쪽은 때 묻은 양말을 신은 발이 눈에
들어왔다. 나는 짝짝이 신발의 주인이 누구인지 알면서
도 천천히 고개를 들어 상대를 훑었다.

　어두컴컴한 창고 안. 바닥을 나뒹구는 나를 내려다보
는 나예민.

“히이이이익!”

그녀는 더 이상 내가 알던 나예민이 아니었다.

좀비 바이러스에 감염된 건 이미 예상했었다. 다만 내
가 소스라치게 놀란 건 그녀의 얼굴이 너무나 끔찍하게
변해 있었기 때문이다.

콧구멍 아래 인중부터 아랫입술까지 피부가 찢겨 있었
다. 입술과 피부가 사라진 자리에 선홍색 잇몸과 이빨이
그대로 드러난 나예민은 연신 피거품을 질질 흘려 대는
통에 입고 있던 연분홍 티셔츠의 목 부분이 붉은 턱받이
를 채운 것처럼 보였다.

대체 창고 안에서 무슨 일이 있었던 거냐. 그와 함께 후회가 밀려왔다.

아무래도 창고 앞에서 나예민을 부른 게 패착이었다. 내 목소리에 반응한 그녀가 창고 문 근처까지 와 있었던 것이다. 거듭된 상황 속에서 문만 잘 닫으면 된다고 생각했던 안일함이 위기를 불러왔다.

하아, 이제 와서 후회해 봐야 무슨 소용인가.

어둠 속에서 나예민의 붉은 눈에 광휘가 깃들었다. 찢긴 피부 속의 이빨이 크게 벌어졌다. 나예민의 이빨에서 시선을 떼지 못한 채 시멘트 바닥을 더듬었다. 하지만 손에 잡히는 것은 없었다. 들고 있던 나무 죽창은 나예민에게 잡혀 끌려 들어갈 때 떨어트렸다.

내장 깊은 곳에서 들려오는 끓는 소리와 함께 나예민의 이빨 사이로 피거품이 넘쳐흘렀다.

순식간에 얼굴의 핏기가 가시는 것이 느껴진다. 머릿속의 사이렌이 미친 듯이 울리지만 이를 멈출 방법은 떠오르지 않았다.

틀렸다. 이제 나도 좀비가 되는 건가. 어제의 절망감이 데자뷔처럼 밀려왔다.

나는 루다에게 절대 다가오지 말고 창고 문을 닫으라고 외친 뒤, 눈을 질끈 감았다. 어깨뼈를 짓누르는 통증이 엄습했다. 이어서 나예민의 고약한 입김이 왼 볼에 와닿았다. 전기에 감전된 듯 온몸이 부르르 떨렸다.

이제 곧…….

마음의 준비를 하고 이빨을 꽉 깨문 순간, 이변이 일어났다.

멀리서부터 루다의 기합 소리가 빠르게 가까워졌다. 이어서 물기를 머금은 고기를 때리는 소리와 함께 어깨를 짓누르던 무게감이 한순간 사라졌다. 재빨리 눈을 뜨자 눈앞에 있을 거라 여겼던 이빨을 드러낸 나예민은 사라지고 없었다.

대체 어떻게 된 거지.

미처 상황을 파악할 겨를도 없이 안쪽 벽이 흔들릴 정도로 '쿵' 소리가 창고를 뒤흔들었다. 나는 소리가 들린 창고 안쪽으로 시선을 던졌다.

루다와 나예민이 대치 중이었다. 나무 죽창에 왼쪽 가슴과 어깨 사이를 찔린 나예민이 창고 벽에 박혀 팔을 휘적거리고. 맞은편의 루다는 나무 죽창을 온 힘을 다해 밀고 있는 것이 아닌가.

루다는 문을 닫고 도망치는 대신 내가 떨어트린 나무 죽창을 들어 나예민에게 돌진한 것이다.

"루…… 루다 님……."

목소리가 몹시도 떨렸다.

"지금 뭐 하시는 거예요. 어서 도와줘요!"

"아…… 네, 넵!"

감상 따위에 젖을 여유는 없었다. 루다의 일갈에 엉거주춤 일어서 루다와 함께 나무 죽창을 힘껏 잡았다.

"자, 밀어요. 더 더 더."

함께 힘을 가하자 나예민의 어깨에 박힌 나무 죽창은 더욱 깊숙이 박혀 들었다. 죽창이 박힌 나예민의 가슴 부위에서 끈적한 검붉은 피가 옷을 적시며 흘러내렸다. 그와 함께 나예민은 더욱 두 팔을 휘저으며 발광했다. 하지만 나무 죽창의 길이 탓에 나예민의 손가락은 우리에게 닿지 않았다.

나예민을 관통한 나무 죽창이 창고 벽에 단단히 박히고 나서야 우리는 죽창에서 손을 뗄 수가 있었다.

"휴우. 고맙습니다, 루다 님."

루다는 손으로 무릎을 짚은 채 가쁜 숨을 고르며 "고맙긴요."라며 대꾸했다.

외벽에 처박힌 나예민이 죽창을 빼기 위해 발광하면서 그녀의 머리 위에 달려 있던 환풍기가 아슬아슬하게 흔들거렸다. 저대로는 얼마 안 가 바닥에 떨어질 것 같았다.

그때 왼쪽 옷깃을 당기는 느낌에 고개를 돌렸다.

루다가 말없이 창고 문 쪽으로 턱짓했다. 그녀의 표정은 몹시 어두웠다. 의뢰인과의 약속을 지키지 못했기 때문일까.

나는 발길을 돌리며 나무 죽창에 결박된 나예민을 한 번 더 바라보았다. 그녀는 여전히 이빨을 세우고 하악질을 하며 우리를 향해 닿지 않는 손을 뻗어 댔다.

좀비가 된 그녀가 다시 인간으로 돌아올 수 있을까.

상남자와 딱구리, 오덜덜, 고스트김과 찰진고양이, 그리고 링링까지…….

아마도 어려우리라.

나는 천천히 고개를 가로저은 뒤, 나예민을 뒤로하고 창고문을 굳게 닫았다.

10장

"대체 어떻게 된 걸까요?"

침대에 걸터앉은 루다가 물었다.

우리는 다시 부적이 덕지덕지 붙어 있는 세 번째 방으로 돌아왔다. 어느덧 해가 중천에 떠올랐는지, 폐가 안은 작열하는 햇빛으로 가만히 있어도 한증막 같은 열기로 가득 찼다. 땀에 절은 블루종을 벗어던지고 러닝셔츠 바람으로 있어도 삐질삐질 땀이 흘러나왔다.

물을 마시지 못한 지 얼마나 됐더라.

이러다 탈수라도 올까 두려웠다. 반면 루다는 흐트러지지 않고 더위를 버텨 내고 있었다. 접착식 피어싱과 요란한 귀찌들은 벗어던졌지만 말이다.

지옥 같던 새벽의 일들로 요동치던 심장도 이제는 어느 정도 진정되었다.

좀비가 득실거리는 폐가에서 당장이라도 뛰쳐나와 도망칠까 고민도 해 봤지만, 세 개의 밀실에서 감염된 사람들의 미스터리를 풀기 전까지는 폐가에서 벗어나는 문제는 중요치 않게 느껴졌다.

맞은편 침대에서 팔짱을 낀 채 똑바로 나를 바라보는 루다의 눈빛이 부담스러웠다.

이게 대체 어떻게 된 거냐고? 나도 누구 못지않게 궁금하다.

하지만 눈으로 보고도 도무지 믿을 수 없는 일이 벌어졌으니, 그저 난감할 뿐이었다.

"설마 접촉성 전염과 별개로 비말이나 호흡 같은, 그러니까 좀비 근처에 있던 것만으로 전염되는 질병은 아니겠죠?"

머릿속에 어렴풋이 들었던 의심을 입 밖으로 꺼냈다. 하지만 루다는 고개를 갸우뚱거렸다.

"그건 좀 이상해요. 좀비로 변한 링링과 가장 가까이 있었던 건 찰진고양이님과 오 형사님이었잖아요. 형사님 말대로라면 가장 먼저 좀비로 변해야 할 사람은 바로 형사님이었겠죠."

루다의 말도 일리가 있었다. 나의 가설은 머릿속에서 삭제했다.

"그럼, 집 밖에 있던 링링이 침입했을 가능성은요?"

루다는 역시 가볍게 고개를 저었다.

"링링이 출입문으로 들어올 수는 없었어요. 출입문의 고리식 걸쇠는 아침까지 그대로였으니까요. 만약 정말 우연에 우연이 거듭돼서 두 번째 방에 열린 창문 근처에 마침 고스트김이 서 있었고, 그런 고스트김을 창문 앞에 있던 링링이 감염시켰다고 쳐요."

루다는 추리하듯 엄지와 검지로 턱을 짚으며 말을 이었다.

"하지만 남자 셋이 썼던 첫 번째 방은 창문이 닫혀 있

었어요. 형사님은 좀비 셋과 맞닥뜨려서 그런 걸 볼 여
력이 없었겠지만……."

말끝을 흐리는 루다는 내 눈치를 보며 잠시 쉬었다 말
을 이었다.

"그리고 창고 방도 마찬가지죠. 창문도 없고 문이 잠
겨 있던 창고 방에서의 감염은 상식적으로 도저히 말이
안 돼요."

나는 길게 한숨을 쉬었다.

"하아, 답답하군요. 집 밖의 링링이 침입했을 가능성
은 제로에 가깝고, 집 안에서 감염된 좀비가 방을 나와
전염시킬 가능성 역시 각 방의 문이 잠긴 것으로 보아 희
박하고……."

나는 머리를 감지 못해 기름진 뒷머리를 벅벅 긁었다.

루다가 뭔가 떠오른 듯 말했다.

"설마 감염되지 않은 내부자가 사람들을 전염시킨 건
아니겠죠? 아이 참나, 지금 내가 무슨 생각을……."

루다가 재빨리 손사래를 치며 덧붙였다.

"아녜요. 제가 너무 나갔어요. 지금 말은 잊어 주세요."

정말로 그랬을까.

연이은 체험자 실종 사건과 주최자의 부재. 좀비는 차
치하더라도 체험자 중 한 명이 실종사건의 범인이라는

가설은 그리 무리한 가설은 아니다.

심각한 내 얼굴을 본 루다의 입가에 걸린 미소가 사라졌다.

체험자 중 한 명이 바이러스를 퍼뜨린 범인이라면, 아직 감염되지 않은 눈앞의 루다가 가장 유력한 용의자가 아닌가.

나의 날카로운 눈빛을 눈치챘는지 루다가 급하게 고개를 저었다.

"형, 형사님 설마 저를 의심하는 건 아니죠? 하, 하하……"

당황하여 두 볼에 홍조가 피어오른 루다는 순진무구 그 자체였다.

그럴 리 없다. 루다가 범인이라면 한방에서 잠든 나를 가장 먼저 전염시켰을 테고, 창고에서도 내 목숨을 구해줄 이유가 없다.

"그럴 리가요. 루다 님은 제 생명의 은인인걸요."

내 말에 루다는 가슴에 손을 포개고 안도의 한숨을 내쉬었다. 이내 뭔가에 집중한 표정의 루다가 다시 입을 열었다.

"폐가 체험자가 아닌 제3자 개입설도 무리가 있어요."

루다가 검지를 세운 뒤 말을 이었다.

"폐가로 오는 1차선 산길에서 우리 외에 다른 차를 본 적도 없고 밤사이 자동차 엔진 소리도 들리지 않았어요. 결정적으로 출입문의 고리식 걸쇠가 걸려 있었기 때문에 내부자의 도움 없이는 폐가 안으로 들어올 수가 없어요. 더욱이 나예민을 제외하고는 모두 타인과 동침했죠. 누군가 다른 일을 꾸몄다면 함께 방에 있던 사람이 알아챘을 거예요."

"맞습니다. 제3자든, 내부자든, 방은 모두 잠겨 있었어요. 방문은 열쇠 구멍이 막혀 있었으니 열쇠로 방문을 여는 건 배제하자고요. 만약에 누군가 저와 같이 신용카드로 잠금장치를 해제할 수 있는 기술이 있다고 칩시다. 문을 열기 위해서는 손잡이를 수차례 돌리며 시도해야 하기 때문에 쇳소리가 부딪치는 소음을 피할 수가 없어요. 그 정도면 방 안에서 자고 있던 사람들도 깼을 겁니다."

루다는 다시 엄지와 검지로 턱을 만지작거리며 말했다.

"사실 지금 상황에서 내부자니 어쩌니 하는 건 의미가 없긴 해요. 그보다 밀실에서 어떻게 좀비 바이러스에 감염될 수 있었는지를 따져 보는 게 빠르겠어요."

루다는 강렬한 눈빛으로 나를 바라보며 말을 이었다.

"그걸 알아낼 수 있다면 자연스럽게 내부자의 소행인

지 아닌지도 밝혀지지 않을까요?"

루다의 말은 충분히 이해됐다. 문제는 3개의 밀실 전염 중 단 하나도 진상을 파악하지 못하겠다는 것이다. 답을 갈구하는 루다의 부담스러운 눈빛을 피하기 위해 고개를 돌렸다. 그러다 벽에 붙은 노란색 부적에 시선이 닿았다.

옳거니. 순간 나의 뇌리를 스치는 것이 있었다.

"혹시 신령님은 모르실까요?"

"네, 네?"

루다는 느닷없는 나의 질문에 딸꾹질을 하듯 되물었다. 너무 갑작스러웠나. 어떤 일에도 침착했던 루다는 당황한 기색이 역력했다.

증거주의가 원칙인 수사에서 근원을 알 수 없는 오컬트는 배제되어야 마땅하다. 하지만 그러기에는 루다가 모시는 신령님의 도움으로 사건을 해결한 적이 많았기에 염치를 무릅쓰고 부탁했다. 그 정도로 밀실 전염이 미궁에 빠져 있다는 말인지도 몰랐다.

물론, 갑작스럽게 요청한다고 되는 일은 아닐 것이다. 나는 루다에게 충분한 시간을 주기로 했다. 심각한 표정의 루다는 한참 만에 어렵게 입을 열었다.

"잘 될지는 모르겠어요. 하지만…… 제가 한번 여쭤보

겠습니다.”

“고맙습니다. 정말 고맙습니다.”

나는 당장 고개를 꾸벅 숙였다.

루다는 준비를 마친 듯 침대 위에 가부좌를 틀고 지그시 눈을 감았다. 두 손을 합장한 뒤, 손가락으로 복잡한 수인을 만들고 낮은 목소리로 알아들을 수 없는 경문을 읊조렸다.

시간이 얼마나 흘렀을까. 땀방울을 뚝뚝 떨어뜨리며 경문을 외우던 그녀가 갑자기 눈을 번쩍 떴다. 그녀의 눈에는 흰자위가 가득했다. 그 순간 그녀의 주변 공기가 달라졌다. 알 수 없는 기운과 아우라가 그녀의 주위를 감싸는 것 같았다.

허공을 향해 고개를 두리번거리며 그녀가 나직이 말했다.

“보인다, 보여. 방 안의 진상이 내게 보인다.”

엄숙한 목소리가 방 안에 쩌렁쩌렁 울렸다. 나는 기대감에 침대를 박차고 벌떡 일어섰다.

“뭐, 뭐가 보이나요. 말씀해 주세요. 신령님.”

하지만 이내 눈을 감은 루다는 그대로 힘없이 침대로 쓰러졌다. 나는 재빨리 쓰러진 루다를 부축했다. 내 품 안에서 그녀의 몸이 가늘게 떨렸다.

"으음……."

루다는 정신을 차린 듯 힘겹게 눈을 떴다. 흰자위 가득했던 눈동자는 어느새 원래대로 돌아와 있었다.

"괜찮으세요, 루다 님?"

거친 숨을 몰아쉬던 루다가 푸르게 변한 입술로 말했다.

"허억, 허억. 봐, 봤어요. 3개의 방, 그리고……"

"그리고 또 뭘 보셨나요?"

나의 재촉에 루다가 힘겹게 말을 이었다.

"신령님이 이 폐가의 붙박이 망자에게 진실을 물어봤습니다. 하지만 망자가 보여 준 장면은 너무나 단편적이어서 생각할 시간이 필요해요. 그보다 먼저 확인해야 할 것이 있습니다."

"확인이요? 그게 뭐죠?"

루다는 대답 없이 내 품에서 비틀거리며 일어섰다. 기력을 소진했는지 당장이라도 쓰러질 듯 휘청거렸다. 나는 그녀가 걱정됐지만 의도를 알 수가 없으니 말릴 수도 없는 노릇이었다. 그녀는 힘겹게 발걸음을 떼며 방을 나섰다. 나는 잠자코 그녀의 뒤를 따랐다. 복도에 나선 루다는 생각한 것이 있는지 부엌 쪽으로 곧장 걸어갔다. 그리고 부엌 싱크대 근처에서 냅다 쪼그려 앉았다.

"괘, 괜찮으세요?"

현기증으로 그런가 싶어 물었으나 등을 보이고 쪼그려 앉은 루다는 무언가를 뒤적거리기 시작했다. 고개를 내밀고 살펴보니 루다가 뒤지는 건 철제 공구 통이었다. 공구 통에서 드라이버며 망치 등을 꺼내던 루다는 성에 안 차는지 급기야 뒤집어 내용물을 바닥에 쏟아부었다.

"역시…… 없어."

수수께끼 같은 그녀의 말을 종잡을 수가 없었다.

"뭐가 없나요? 찾으시는 공구가 있으면 제게 말해 주세요."

하나 그녀는 별다른 대답 없이 "없어, 톱이……."라고 중얼거리며 다시 발걸음을 옮겼다. 루다는 다시 복도 중앙으로 내려와 출입문 쪽으로 방향을 틀었다.

"어어…… 안 돼요. 밖은 아직 위험합니다."

하지만 나의 경고는 안중에 없었다. 그녀는 거침없이 출입문에 걸린 고리식 걸쇠를 풀고 그대로 문을 열었다.

강렬한 햇살이 집 안으로 비쳐 들고, 문밖으로는 이글거리는 아지랑이가 피어올랐다. 나는 눈이 부신 나머지 고개를 돌려 버렸다. 하지만 루다는 일말의 망설임 없이 출입문 밖으로 발을 내디뎠다.

"루다 님, 위험하다니까요."

나는 서둘러 팔을 뻗었지만 허공만 휘저었다. 루다가

한발 앞섰다. 그녀는 이미 출입문에서 사라지고 난 뒤였다.

"이런 젠장."

터져 나오려는 욕지거리를 삼키고 폐가 밖으로 뛰쳐나왔다. 루다는 이미 창고를 지나 코너를 돌고 있었다. 나는 서둘러 루다를 뒤따랐다. 폐가 주변에는 진흙 발자국이 즐비했다. 족적의 사이즈나 모양으로 보아 링링이 신고 있던 구두로 보였다. 물웅덩이를 밟은 링링이 진흙이 묻은 신발로 폐가 주변을 돌면서 생긴 것으로 보였다.

나는 사주를 경계하며 루다의 뒤를 따랐다. 하지만 이상하게도 링링의 모습은 어디에도 보이지 않았다.

꽤나 시끄럽게 돌아다녔음에도 링링이 나타나지 않는 건 집 안에 꼭꼭 숨은 우리는 포기하고 새로운 먹잇감을 찾아 산을 내려갔다는 말인가. 아주 가능성이 없는 가설은 아니었으므로 나는 그렇게 생각하기로 했다.

말없이 폐가 주변을 돌던 루다는 세 남자가 묵었던 첫 번째 방 창문형 에어컨 앞에서 발걸음을 멈췄다. 창문을 유심히 보는 루다의 시선을 따라가니 창문형 에어컨의 그물망처럼 생긴 흡기구였다.

응? 그런데 이게 뭐지.

에어컨 흡기구 그물망이 이상했다. 물감을 뿌려 놓은

듯 온통 검붉은 액체가 엉겨 붙어 있었다.

루다는 그제야 손뼉을 마주치고 나를 돌아봤다.

"이제 됐어요. 수수께끼가 모두 풀렸습니다."

나는 반색하여 물었다.

"정말입니까? 그래서 전염은 어떻게 된 겁니까? 그렇게 만든 범인은 누구인가요?"

범인은 누구냐는 물음에 루다의 얼굴이 싸늘하게 변했다. 살짝 고개를 든 그녀는 나를 향해 차갑게 내뱉었다.

"신령님이 점지해 주신 범인을 지금 바로 보여 드리죠."

말을 마친 그녀는 잰걸음으로 다시 폐가 안으로 사라졌다.

11장

"루다 님. 범인을 보여 주다뇨? 먼저 설명부터 해 주세요. 네?"

이제껏 잠자코 따라다녔지만 더 이상은 참을 수가 없었다. 하지만 묵묵부답인 루다의 기행은 여기서 끝나지 않았다.

우리가 묵었던 세 번째 방으로 돌아온 그녀는 급기야 땀에 절어 침대 위에 벗어 놓았던 내 블루종을 들어 올리는 게 아닌가. 순간 얼굴이 화끈 달아올랐다. 점퍼에 밴 땀 냄새는 상상을 초월했기에 서둘러 그녀의 손에서 점퍼를 낚아챘다.

"아, 안 됩니다. 이 점퍼는요……."

한동안 나를 빤히 바라보는 루다. 무안해진 나는 다시 물었다.

"이 냄새 나는 점퍼를 어디에 쓰려고……."

하지만 한순간 무서운 얼굴로 돌변한 루다가 일갈했다.

"당장 이리 내주세요! 자꾸 뜻을 거스르면 신령님이 노하십니다."

"아, 네, 네……."

서슬 퍼런 루다의 기세에 눌려 마지못해 블루종을 넘겨주었다. 그런데 그녀가 건네받은 점퍼를 꼭 쥐고 두 번째 방문 앞에 서는 것이 아닌가.

막아야 한다. 뭐가 됐든 막아야만 한다.

그녀는 그런 나의 마음을 꿰뚫어 본 듯 막아서려는 나를 향해 몸을 돌리고 엄숙히 말했다.

"신령님의 뜻이니 잠자코 지켜보십시오."

단호한 어조. 그리고 강렬한 눈빛. 내 두 발은 땅바닥에 딱 붙어 버렸다.

그녀의 조그만 등이 크게 오르내렸다. 이어서 방문 손잡이를 쥔 오른손을 천천히 돌렸다.

스르르 방문이 열리고, 온몸에 피 칠갑을 한 고스트김이 문 앞에 선 루다를 알아챘다.

"크르르르르."

이내 무자비하게 도륙된 찰진고양이 시체 위에서 걸음을 떼는 고스트김. 그녀는 거침없이 루다를 향해 발걸음을 옮겼다. 혓바닥을 날름거리며 입맛을 다시는 고스트김을 보자 등골이 서늘해졌다.

루다의 등을 바라보기만 하는 나는 심장이 터질 듯 조여 왔다.

이제 루다와 고스트김의 거리는 불과 몇 발자국 차이.

보고만 있을 수도 없고, 그렇다고 그녀의 말을 어길 수도 없는 진퇴양난의 상황이었다. 하지만 눈앞에서 그녀가 물어뜯기는 것을 보고 있을 수만은 없지 않은가. 신령이고 뭐고 상관없다. 일단 막고 보자.

그렇게 마음을 정하고 움직이려던 순간, 루다를 향해 두 팔을 뻗고 다가오던 고스트김의 발이 점점 느려지더니. 어느새 얼어붙은 듯 방바닥에 딱 달라붙었다.

뭐, 뭐지. 무당은 염동력도 쓸 수 있는 건가.

그때 방 안에서 자신에 찬 루다의 목소리가 들려왔다.

"역시. 알아보는군요."

순간 맞은편으로 피를 뒤집어쓴 고스트김의 얼굴에 망설임이란 감정이 스쳐 갔다. 믿을 수가 없었다. 좀비에게 감정이라니. 나도 모르게 앞에 선 루다를 향해 발걸음을 옮겼다.

"이, 이게 대체 어찌 된 일이야."

방 안으로 들어서자 실로 눈으로 보고도 믿을 수 없는 광경이 펼쳐져 있었다.

두 팔을 곧게 편 루다. 그녀의 손에 들린 물건은 바로 권총형 라이터였다.

아아아…….

이제야 그녀가 블루종을 빼앗아 간 이유를 알 것 같았다. 블루종 안주머니에 넣어 두었던 권총 라이터를 사용하려던 것이다. 권총으로 고스트김을 정조준한 루다가 말했다.

"당신 정말 독종이군. 좀비 흉내를 내기 위해 온몸에 피를 바르고 시신의 내장까지 씹어 먹다니……. 대체 이렇게까지 하는 이유가 뭔데."

루다의 말에 머리가 빠르게 회전하기 시작했다. 그렇

다면 지금 눈앞의 고스트김은 인간이란 말인가. 하긴, 권총을 알아보고 멈추는 좀비는 없다. 결국 고스트김은 가짜 좀비였던 것이다.

더 이상의 연기는 불필요하다고 느꼈는지 핏물에 떡이 진 머리카락을 쓸어 올린 고스트김은 이내 고개를 아래로 떨궜다. 그리고 어깨를 들썩이며 공허한 웃음을 터트렸다.

"오 형사님, 어서 저 가짜를 결박하세요."

퍼뜩 정신을 차린 나는 공구 통에서 가져온 노끈으로 고스트김의 손과 발을 묶었다.

"대체 어떻게 안 거지?"

꽁꽁 묶인 채 날카로운 눈빛을 쏘아 대는 고스트김을 향해 루다는 권총의 방아쇠에 건 손가락을 마저 당겼다.

"빵!"

루다의 행동에 소스라치게 놀란 고스트김은 고개를 옆으로 돌렸다. 하지만 총구에서 나온 건 총알이 아닌 일렁이는 작은 불꽃이었다.

"이, 이런 망할 년……."

고스트김의 목소리는 격한 분노로 까뒤집혔다.

루다는 여유롭게 입술을 모아 '훅,'하고 바람을 불어 총구 끝의 불꽃을 꺼트렸다.

종장

크리스털 잔을 가볍게 흔들자 잔에 담긴 샤또 몽페라 와인이 출렁인다. 핏빛을 띠는 와인 한 잔을 입에 머금고 천천히 향을 음미했다.

고층의 창밖으로 늦여름의 장대비가 회색빛 빌딩들을 적시고 있었다. 꽉 막힌 불당대로에 차들이 밟는 브레이크로 도로는 붉은띠를 이루었다.

어느덧 끔찍했던 폐가 체험으로부터 한 달이 흘렀다.

찜통 같던 더위는 한풀 꺾이고 이제는 아침, 저녁으로 제법 서늘한 바람이 불어왔다. 한 달이란 시간이 흘렀건만. 그날의 기억은 아직도 선명했다.

내리쬐는 햇살, 눅눅한 공기, 그리고 진하게 풍기는 피비린내까지…….

닉네임 고스트김은 온몸에 피칠갑을 한 요란한 상태로 경찰에 연행됐다. 충혈된 좀비 눈을 만들기 위해 자신의 눈에 주입한 죽은 찰진고양이의 피가 그때까지도 안구를 붉게 물들이고 있었다고 했다.

한동안 묵비권을 행사하여 오 형사를 곤란하게 만들었으나, 담당 형사의 지속적인 압박과 집요한 취조 끝에 결국 모든 걸 자백했다고 한다.

연이은 실종 사건을 벌인 이유는 함께 바이러스 연구를 했던 연인 때문이었다.

사슴 좀비 바이러스. 일명 광록병이라 불리는 만성소모성 질병은 사슴류에 감염돼 중추신경계에 손상을 입히며, 뇌가 파괴되면서 스펀지처럼 구멍이 생기는 증상을 동반하는 질병이었다. 고스트김과 연인은 이 질병을 연구하던 중 우연히 인간에게 전이되는 변종 바이러스를 만들게 됐다고 한다.

이 변종 바이러스는 연인에게 있어 불행의 씨앗이었다.

실험 중 부주의로 남자 쪽이 좀비 바이러스에 감염되었던 것이다. 고스트김은 좀비로 변한 연인을 차마 버릴 수가 없었다. 그리하여 임시로 차린 연구실에 감금한 뒤, 변종 좀비 바이러스에 대한 항체를 찾기 위해 일반인들을 무작위로 감염시키려는 계획을 세웠다.

폐가, 흉가 체험으로 위장하여 전국에서 체험자들을 모았고 이들은 고스트김의 실험용 몰모트로 인적이 끊긴 외딴 장소에서 차례로 좀비가 되어 갔다.

그런 죽지 않는 연쇄 고리를 끊은 것이 바로 오영섭 형사였다.

물론 나의 조력이 뒷받침되었지만 말이다.

고스트김 연행 후 질병관리청 요원들의 발 빠른 대처로 우리가 묵었던 폐가는 소각됐다. 폐가 안에 있던 좀비들과 함께 말이다. 안타깝지만 강제로 화장당했다고 해야 맞는 말인지도 모르겠다. 강원도 모처에 컨테이너 박스를 이어 붙인 고스트김의 연구실도, 그녀의 연인도 모두 한 줌의 재로 변했다.

오 형사의 말에 의하면 워낙 전염력이 강한 바이러스라 질병관리청도 어쩔 수 없는 선택이라고 했다.

나는 사건 이후 한동안 수사관들에게 시달려야 했다.

내게 고스트김을 범인으로 유추한 이유를 집요하게 물어 댔다. 하지만 진실을 말할 수는 없었다. 그건 나의 신기가 사라졌음을 고백하는 것과 마찬가지였기 때문이다.

'혹시 신령님은 모르실까요?'

문득 그날의 아찔했던 순간이 떠오른다.

나는 떨리는 손으로 크리스탈 잔을 잡고 핏빛이 도는 와인을 한 모금 더 삼켰다.

달콤하면서도 쌉싸름한 포도향이 입안에서 식도를 타고 넘어가면서 머릿속에서는 그날의 일들이 생생하게 되살아났다.

"혹시 신령님은 모르실까요?"

순간 가슴이 철렁 내려앉았다.

이런 상황에서? 이런 타이밍에?

"네, 네?"

반사적으로 되물었지만, 혹여 나의 동요를 눈치챌까 담담한 얼굴 뒤로 재빨리 동요를 숨겼다. 나를 바라보는 오형사의 시선이 부담스러웠다. 하지만 피할 수도 없는 노릇이었다.

나는 무당이 아닌가.

어쩔 수 없다. 시간을 끌면서 범인을 찾아내야 한다.

일단 고리식 걸쇠가 걸린 출입문을 열 수 없는 제3자 설은 배제하고, 내부에 범인이 있을 경우를 따져 보기로 했다. 알루미늄 재질의 출입문은 땅과 문 사이의 간격이 없어 철사나 고리를 문 아래로 넣어 고리식 걸쇠를 여는 것은 불가능해 보였기 때문이다.

일단 내부 범인 설을 상정하고 범인이 다른 사람들을 감염시키던 중 불의의 사고 혹은 실수로 자신도 감염시 켰을 가능성을 생각해 보았다.

머릿속이 빠르게 회전하기 시작했다. 1박 2일간 내가 보고, 들은 것들을 모두 복기했다. 그러자 몇 가지 이해 되지 않는 점들이 보이기 시작했다.

나는 머릿속에 떠오른 가설이 사실인지 확인하기 위해

오 형사 앞에서 신령님과 접신하는 거짓 연기를 선보였
다. 신기가 사라진 후로 내내 하던 일이라 오 형사를 속
이는 일은 너무나 쉬웠다. 흰자위를 드러냈을 때 오 형
사가 짓던 표정이 너무나 우스꽝스러워 웃음을 참느라
혼날 지경이었다.

유령이 출몰한다는 폐가. 부적으로 도배된 방.

어찌 보면 무당으로서 최적의 무대에서 붙박이 지박령
을 핑계로 방 밖을 빠져나왔다.

순진한 오형사는 나의 거짓 연기를 그대로 믿는 듯했
다. 나는 재빨리 복도에 놓인 공구통을 확인했다. 역시
나 예상대로 접이식 톱이 사라지고 없었다.

분명 어제 고스트김이 세 번째 방으로 들고 왔던 공구
통에는 망치와 못 그리고 접이식 톱이 들어 있었다. 그
런데 하룻밤 사이에 톱이 사라진 것이다.

오늘 아침, 잠에서 깨자마자 각 방을 확인하면서 복도
에 놓여 있던 2개의 대걸레 중 하나가 감쪽같이 사라진
건 이미 머릿속에 입력해 두었다. 거기에 접이식 톱을
추가했다.

이제 남은 확인 사항은 세 가지. 그 세 가지는 폐가 안
에서는 확인할 수가 없었다.

불안함으로 동공에 지진이 나는 오 형사를 그대로 두

고 성큼 폐가를 나섰다.

출입문을 나와 오른쪽을 슬쩍 곁눈질하니 벽에서 떨어진 환풍기가 바닥에 떨어져 산산조각 나 있었다. 대걸레 죽창에 박힌 나예민이 계속 몸을 외벽에 부딪치는 바람에 결국 환풍기가 떨어진 것이다. 나는 환풍기 잔해를 피해 그대로 폐가의 왼쪽 코너를 돌았다. 등 뒤로 나를 뒤따르는 오 형사의 다급한 발소리가 들렸다. 나를 보며 오 형사는 속으로 무슨 생각을 하고 있을까.

나는 잰 발로 폐가의 뒤편을 돌아 첫 번째 방 창문까지 왔다.

이로써 출입문에서부터 첫 번째 방까지 폐가의 4면을 모두 확인한 셈이다. 역시 링링은 없었다. 이 또한 나의 예상과 맞아떨어졌다. 마지막으로 창문형 에어컨의 흡기구를 확인하면서 폐가 외부에서 확인할 3가지 사항을 모두 확인했다.

다시 세 번째 방으로 돌아온 나는 지금까지 확인한 단편적 사실들을 정리하기로 했다. 오 형사의 호기심 가득한 얼굴은 애써 외면했다.

아직 정리할 시간이 필요했기 때문이다.

우선 첫 번째 방의 밀실 전염을 추리했다.

방문은 안쪽에서 똑딱이 버튼으로 잠겨 있었고 창문도

닫혀 있었다. 좀비는 창문을 열거나 닫힌 문의 손잡이를 잡고 돌릴 수가 없기에 이번과 같은 특수 상황에서 첫 번째 방은 밀실의 조건에 부합된다.

특이점은 창문형 에어컨이 달려 있었고 휴대용 발전기의 연료가 떨어지기 전까지 에어컨이 가동되었다는 점이다.

나는 오형사와 첫 번째 방을 확인했을 때 약간의 위화감을 느꼈었다.

문을 열자마자 풍겨 오던 역한 피비린내와 세 남자에게 이렇다 할 외상이 없던 점이다. 입고 있던 옷이 깨끗했고, 옷 위로 보이는 외상이 없다는 건 서로가 물어뜯을 일이 없었다는 것이며 이는 강하게 풍기던 역한 피비린내와는 상반되는 사실이다. 추가로 외상이 없다는 점에서 세 남자들이 좀비로 변한 시간대가 거의 같은 시간대였다는 것을 유추할 수 있었다.

이 같은 사실들을 조합해 보면 첫 번째 방의 감염원은 쉽게 도출된다.

바로 창문형 에어컨이다.

외부 흡기구에 도포된 끈적한 붉은 자국. 문을 열었을 때 방에서 맡았던 것과 같은 역한 냄새를 풍기는 붉은 자국은 좀비의 핏자국이었다.

　범인은 세 남자가 잠든 방의 창문형 에어컨 흡기구에 좀비의 혈액을 부어 실내로 좀비 바이러스가 퍼지도록 한 것이다. 밀폐된 자동차 실내에서 빠르게 확산되던 방귀 냄새와 같은 이치다.

　에어컨 공기를 통해 퍼진 바이러스 입자는 자고 있던 세 남자의 폐부를 침입. 폐의 모세혈관으로 침투한 좀비 바이러스는 이들을 손쉽게 좀비로 만들었다. 에어컨 내부에 필터가 있다 해도 언제 가동했는지도 모를 낡은 에어컨의 필터는 이미 필터로서의 기능을 상실한 지 오래였을 것이다.

　방문을 열었을 때 훅 끼친 이유 없는 역한 피비린내와 외상 없는 세 남자가 좀비가 된 이유는 바로 이것이었다.

　우리가 첫 번째 방에 들어갔을 당시에도 에어컨이 동작하고 있었다면…… 아마도 끔찍한 결과를 초래했을지도 모르겠다.

　이제 두 번째. 창고 밀실 전염이다.

　나예민이 있던 창고는 안쪽에서 똑딱이 버튼으로 잠긴 방문과 창문이 없는 구조로 완벽한 밀실 상태였다. 비록 외벽 위쪽으로 고장 난 환풍기가 달려 있었지만 이 환풍기를 통해서는 좀비가 침입할 수 없는 작은 크기였다.

첫 번째 방과는 달리 물리적으로 완벽한 밀실의 조건에 부합된다. 하지만 그런 밀실에서 나예민은 입술을 뜯긴 채 좀비가 되었다. 나예민의 예민한 성격상 간밤에 방을 나섰을 리는 없다. 결국 창고 방 안에서 좀비에게 입술을 물어뜯기고 좀비가 되었다는 말이 된다.

그게 어떻게 가능할 수 있을까.

비밀은 환풍기에 있었다.

작은 충격에도 밖으로 떨어져 버린 환풍기는 그저 걸쳐 났다고밖에 볼 수 없는 수준이었다. 이유는 범인이 간밤에 환풍기 나사를 풀어 떼어 낸 뒤 원위치시킬 때는 나사를 헐겁게 조였기 때문이다. 그렇다면 가로세로 35센티미터에 불과한 환풍기 구멍으로 어떻게 나예민을 감염시킨 것인가.

나는 없어진 접이식 톱과 대걸레 한 자루에 주목했다.

창고 트릭을 설명하자면 자연스럽게 마지막 두 번째 방의 트릭을 설명해야 하겠다.

두 번째 방에서 맞닥뜨린 고스트김과 찰진고양이의 모습은 너무나 끔찍하고 강렬하여 그만큼 자세히 뇌리에 박혀 있었다.

에어컨이 달리지 않은 반대편 창이 30센티미터가량 열린 채였고, 열린 창틀부터 방바닥까지 벽을 타고 흘러내린 대량의 핏자국이 남아 있었다. 처음 이 핏자국을 봤을 때는 창가에 서 있던 고스트김이 링링에게 물려서 생긴 핏자국이라 생각했었다.

하지만 역으로 생각해 보면 어떨까.

창문을 열어 두고 링링이 오기를 기다리고 있었다면 말이다.

출입문의 간유리를 머리로 박던, 그리고 세 번째 방의 창문을 머리로 깨트리던 링링은 몸을 통과할 수 없는 30센티미터의 열린 창문 안으로 머리부터 들이밀지 않았을까. 링링이 머리를 집어넣은 바로 그때, 고스트김이 벽에 등을 댄 채로 창문을 한쪽 발로 밀어 닫아 링링의 머리를 꼼짝 못 하게 만든다면, 그 상태로 들고 있던 톱으로 창문에 낀 링링의 목을 사정없이 잘랐다면.

창틀부터 방바닥까지 흘러내린 대량의 피는 링링의 머리를 잘랐을 때 흘린 핏자국이었다. 뱃가죽이 찢겨 죽은 찰진고양이가 링링의 머리를 자를 수는 없다. 찰진고양이가 자신의 배를 찢었을 리도 없다.

결국 링링의 머리를 자른 사람은 고스트김이라는 결론이 내려진다.

다음은 대걸레다. 오형사가 그랬던 것처럼 걸레 자루의 목을 부러뜨린 뒤, 날카로운 끝부분을 링링의 잘린

목 안쪽 부드러운 부위에 꼬치처럼 꽂는다.

나는 폐가에 도착한 직후 우리가 마주쳤던 그 좀비 개의 모습을 떠올렸다. 뼈와 살이 짓이겨지고, 뽑힌 눈구멍으로 뇌수가 줄줄 흘러도 아래턱을 딱딱거리던 개의 모습. 뇌가 완전히 박살 나기 전까지 저작질을 하던 그 개처럼, 뇌가 손상되지 않은 링링의 머리는 여전히 먹잇감을 찾아 턱을 움직여 댔을 것이다.

고스트김은 이 링링 머리 꼬치를 들고 폐가 밖으로 나가 창고의 환풍기를 뜯어내고 환풍기가 있는 벽 쪽으로 머리를 두고 자는 나예민의 얼굴을 링링 머리 꼬치로 물어뜯게 만들었을 것이다. 잠을 자던 중 갑작스럽게 링링에게 키스하듯 입을 뜯긴 나예민은 미처 비명을 지르지도 못하고 좀비가 되었으리라.

이로써 3개의 방에서 벌어진 일들이 모두 설명되었다.

내장이 뜯긴 찰진고양이는 가장 먼저 고스트김에게 살해되었을 것이라 생각됐다. 아마도 숨이 끊긴 상태에서 톱으로 뱃가죽이 썰리고 내장과 함께 고스트김의 위장도구로 사용되었을 것이다. 찰진고양이가 고스트김에게 물어뜯겼음에도 좀비화되지 않은 이유는 바로 그 때문이다. 또한 첫 번째 방의 에어컨 흡기구에 부은 피는 머리를 자른 링링의 피를 받아 부었을 것이다.

일단 진상은 모두 파악했다. 하지만 그때까지의 추리
는 사실상 심증일 뿐 확증할 만한 증거는 없었다.

그래서 나는 마지막 모험을 감행하기로 했다.

오 형사가 갖고 있던 권총형 라이터로 시험하기로 마
음먹은 것이다.

사고 할 수 없이 오직 식욕만 남아 있는 좀비가 권총
을, 자신의 안위를 생각할 수 없는 것은 자명한 일. 고
스트김이 좀비로 위장하고 있다면 자신을 겨누는 권총을
보고 다가올 수는 없을 것이란 결론에 이르렀다.

다소 과격하긴 하지만 그만큼 확실한 방법은 없다고
생각했다.

만약 내 추리가 틀렸다면, 고스트김이 권총을 알아보
지 못하고 안전거리 이상 접근한다면 그저 방문을 도로
닫아 버리면 그만이었다. 당황하지만 않으면 좀비가 된
고스트김 보다 내 행동이 훨씬 더 민첩하니까 말이다.

다행스럽게도 나의 도박은 완벽하게 적중했다.

내가 권총을 꺼내 드는 순간, 비척이며 다가오던 고스
트김의 동공이 흔들리는 그 짧은 순간을 나는 놓치지 않
았다.

빗발이 더욱 거세진 가운데 어두운 창밖으로 섬광이

번쩍였다. 이어서 하늘을 뒤흔드는 천둥소리가 오래도록 이어졌다.

분노한 신의 고함 소리에 나는 끔찍했던 그날에서 현실로 돌아왔다.

나와 오형사가 변을 당하지 않은 건 천운이라고밖에는 생각할 수 없었다.

찰진고양이를 처리한 고스트김은 방문이 잠기지 않는 우리 방을 제일 먼저 찾았다고 진술했다. 하나 오 형사의 기지로 방문을 열 수 없었고 결과적으로 찰진고양이의 내장까지 씹어 먹는 메소드연기를 펼쳐야만 했다. 지속적으로 좀비와 시신을 봐 온 고스트김은 그런 끔찍한 짓을 저지르는 것에 대해 아무런 가책과 거부감이 없었다고 했다.

결국 좀비보다 더욱 끔찍한 존재가 되고 만 것이다.

그녀가 사용했던 접이식 톱과 드라이버, 분리된 링링의 몸과 머리는 폐가 인근 숲에서 발견되었다. 주사기와 독극물, 마취제 앰플 등도 함께 발견되었다. 조사 당시 찰진고양이의 찢긴 복부 상처에서 생활반응이 확인됐다고 한다. 마취제로 잠든 상태에서 난도질이 자행됐던 것이다.

그에 앞서 폐가 체험 하루 전, 인근 마을의 반려견 분

양소에서 하얀색 강아지를 구매하는 고스트김이 매장 내 CCTV로 확인됐다.

우리들이 폐가에 도착한 직후 모습을 보이지 않았던 고스트김과 오덜덜, 나예민 중 적어도 고스트김은 승합차를 고장 내고 폐가 근처 숲속에 묶어 두었던 강아지에게 갔던 것이 확실했다. 아무것도 모르는 강아지에게 좀비 바이러스를 주사한 뒤 입마개를 풀어 폐가로 보냈을 것이다.

그뿐만이 아니다. 링링이 좀비 개에게 물려 쓰러진 직후 고스트김이 링링의 시신을 수습하자고 제안한 것도 좀비로 되살아날 링링 근처에 사람들을 보내 좀비 감염을 확산하려던 의도가 깔려 있었을 것이라 확신한다.

'당신들을 방심시켜 놓고 전염시키려던 계획이었어. 사람은 안전하다고 느낄 때 가장 해치기 쉽거든.'

오 형사가 전해 준 고스트김의 마지막 진술이 오래도록 마음속에 남는다.

입안에 쓸쓸한 뒷맛이 가시지 않는다.

고스트김에게 희생된 죽지 못한 이들이여, 이제는 영원의 안식을 되찾기를.

나는 불단을 향해 향을 올리고 두 손을 모아 합장했다.

殺　意　　　　特　殊

인공지능의 살의

0

수백 개의 멀티뷰어 모니터가 가득한 관제실.

떡진 머리에 개기름이 줄줄 흐르는 남자가 충혈된 눈으로 모니터를 노려보고 있다. 뒷머리를 벅벅 긁던 남자가 모니터에서 눈을 떼 벽에 걸린 디지털시계로 시선을 던진다.

시계 속 붉은 숫자가 이제 막 9시 15분을 지나고 있었다.

"시발…… 또야…… ."

남자가 입술을 달싹이며 중얼거렸다.

때마침 두꺼운 강철 출입문이 열리고, 거대한 몸집의 남성이 뒤뚱거리며 들어왔다. 느긋하게 들어오는 남자를 향해 초췌한 남자가 쏘아붙였다.

"오늘은 또 무슨 사고가 있었나요?"

40대로 보이는 거구의 남자는 뒷주머니에서 손수건을 꺼내 이마를 찍으며 답했다.

"김 군, 자네도 잘 알잖나. 집에서 사무실까지 얼마나 먼지."

거구의 남자는 자신의 말이 뭐가 그리 우스운지 웃음

을 터트리며 사무용 의자에 털썩 앉았다.

거구의 뻔뻔한 태도에 남자는 뭐라 한마디 쏘아붙이려다 그만뒀다. 대신 죽일 듯한 기세로 그의 뒤통수를 오래도록 노려봤다.

1

법복을 입은 세 명의 판사가 불안한 눈으로 법정 중앙의 피고인을 내려다보고 있었다.

좌측의 검찰관과 우측의 변호인 역시 긴장한 얼굴로 피고인을 바라봤다. 방청석에는 소수의 관계자를 제외하고는 텅 비어 있었다. 법정 밖 시끌시끌한 인파와 달리, 재판 자체는 일반인의 방청을 막은 비공개 재판이었다.

법정 안에는 줄곧 불편한 공기가 흐르고 있었다.

중앙에 앉은 피고인은 자신에게 쏠리는 시선을 전혀 신경 쓰지 않는 듯, 더없이 차분한 모습이었다.

왼쪽 가슴에 회사 로고가 박힌 검정 유니폼을 입은 피고인.

그는 이 법정에서 유일하게 인간이 아닌 존재였다.

"피고인 D—AI—1123. 정말로 버그나 기계 결함, 혹은 오판이 아닌 게 맞습니까?"

인간형 AI 로봇은 잠시 시간을 두었다가 판사의 질문에 답했다.

"20■■년 ■월 ■일 오전 9시 3분 21초 12밀리초의 메모리 기록을 453번 조회, 분석했으나 기계적 결함은 제로 퍼센트였습니다."

여기저기에서 작은 탄식이 새어 나왔다.

검찰이 자리에서 일어나 피고 로봇에게 물었다.

"피고는 로봇 4원칙을 알고 있습니까?"

로봇은 고개를 검찰에게 돌린 뒤, 기계적으로 로봇 4원칙을 읊었다.

"제1원칙. 인간에게 해를 가하지 않는다. 로봇은 인간에게 직접적 또는 간접적으로 해를 입히거나, 해를 방치해서는 안 됩니다. 이는 로봇의 행동이 인간의 안전을 최우선으로 고려해야 함을 의미합니다."

검찰이 손에 든 서류를 보며 고개를 끄덕였다.

"제2원칙. 인간의 명령에 복종한다. 단, 제1원칙 위반 시 제외됩니다. 로봇은 인간의 명령을 따르되, 그 명령이 인간에게 해를 끼칠 때는 거부해야 합니다. 예를 들어 다른 인간을 해치라는 명령은 따를 수 없습니다.

제3원칙. 자기 자신을 보호한다. 단, 제1원칙과 제2원칙 위반 시 제외. 로봇은 자신의 존재를 유지해야 하지만, 이 과정에서 인간이나 제1, 제2원칙을 침해해서는 안 됩니다. 인간을 보호하기 위해 자신을 희생할 수 있습니다."

로봇이 잠시 시간을 두었다가 말을 이었다.

"마지막으로 제4원칙. 특수한 상황으로 인해 인간의 피해를 피할 수 없는 경우 해를 최소화하는 쪽으로 결정합니다."

로봇의 말이 끝나기를 기다리던 검찰이 물었다.

"피고인은 사고 당시 이 로봇 4원칙을 위배하지 않았습니까?"

로봇은 표정 변화 없이 말했다.

"그렇습니다. 저희는 애초에 로봇 4원칙을 위배할 수 없게 프로그램됐습니다. 원칙을 위배할 가능성은 제로 퍼센트입니다."

무표정의 로봇이 단호하게 말했다.

"그렇다면 질문을 바꿔 보죠. 피고인의 적외선 센서는 이상 없습니까?"

로봇의 입속에 달린 스피커에서 다시 기계음이 들려

왔다.

"네, 그렇습니다. 제 시각 센서의 적외선 카메라는 이상 없습니다."

검찰이 파일을 책상에 내던지며 신경질적으로 물었다.

"그렇다면 피고인은 그날 왜 버스 핸들을 오른쪽으로 틀었던 겁니까?"

로봇은 검찰의 고성에도 개의치 않고 차분히 말했다.

"저는 로봇 제4원칙을 따랐습니다."

법정은 찬물을 끼얹은 듯 조용해졌다.

방청석에 앉은 주행 로봇 제조사 관계자가 깊은 한숨을 내쉬며 얼굴을 손바닥에 파묻었다.

2

방청석에 앉아 있던 오 형사가 자리에서 일어나 조용히 법정을 빠져나갔다.

자율주행 로봇에게 죄를 물을 것인가. 로봇을 만든 제조사에 사고의 책임을 물을 것인가. 법리적 책임을 묻는 재판에는 관심이 없었다. 로봇이 갑자기 오동작을 일으켰든, 로봇 설계 과정에서부터 하자가 있었든, 불행하게 말려든 피해자만 억세게 재수가 없었을 뿐.

오 형사는 법원 주차장에 세워진 구형 승용차에 몸을 싣고 시동을 걸었다. 매캐한 매연 냄새가 차 안에 들어찼다. 천천히 액셀을 밟으며 그날의 사고를 떠올렸다.

20■■년 ■월 ■일 오전 9시 4분경.

AI 로봇이 운전하는 버스가 텔레포트 정거장을 들이받는 사고가 발생했다.

버스는 텔레포트에 필요한 핵심 부품인 렌즈 제조 공장의 노동자들이 이용하는 사내 버스로, 사고 당시 열다섯 명이 타고 있었다.

노동자들을 태우고 120킬로미터의 속도로 달리던 버스는 과격 텔레포트 반대 단체가 설치한 타이어 킬러에 앞 타이어가 터지며 급격히 중심을 잃었다. 제동할 수 없는 상황에서 맞닥뜨린 Y자 갈림길. 정면의 시멘트벽과 충돌하면 버스 안의 승객 열다섯 명은 모두 사망했을 것이라는 게 AI 시뮬레이터의 예측 결과였다.

하지만 버스는 충돌하지 않았다. 충돌 직전 운전 로봇이 핸들을 오른쪽으로 꺾었기 때문이다.

그 결과 버스는 갈림길 오른쪽에 있는 하행 텔레포트 정거장을 들이받았다. 시멘트벽보다는 비교적 경량의 재질로 만들어진 텔레포트 정거장에 충돌하면서 승객들은 경상이나 찰과상을 입는 데 그쳤다.

하지만 정거장에서 텔레포트를 대기하고 있던 다섯 명의 시민이 사망하고 말았다.

열다섯 명을 살리기 위해 어쩔 수 없이 다섯 명의 시민을 택했다? 로봇은 위기 상황에서 트롤리의 딜레마, 혹은 로봇 제4원칙에 입각해 판단한 것일까? 하지만 주변에 설치된 CCTV 영상을 본 사람들, 아니 사고를 접한 모두가 경악하고 말았다.

사고 직후 Y자 갈림길 왼쪽에 있는 상행 텔레포트 정거장에서 굉음에 놀란 사람들이 뛰쳐나왔는데, 그들의 수는 세 명이었다.

Y자 갈림길, 같은 거리에 상행과 하행 텔레포트 정거장이 있었다. 상 하행 여부는 상관없다. 중요한 건 왼쪽 상행 정거장에는 세 명이 대기하고 있었고, 오른쪽 하행 정거장에는 다섯 명이 대기 중이었다는 거다. 로봇이 적외선 스캔을 통해 원칙에 따라 판단했다면 버스는 갈림길에서 왼쪽으로 핸들을 꺾어야 맞다.

세상이 발칵 뒤집혔다.

세 명의 생존자에게는 미안한 말이지만, 로봇의 오판을 이해할 수가 없었다. 대다수는 로봇의 오동작을 의심했지만 수차례에 걸친 정밀검사에서도 탑재된 인공지능

논리 로직에 이렇다 할 오류는 찾아내지 못했다.

오류를 찾든 못 찾든 로봇 제조회사는 치명적인 타격이 불가피해 보였다.

텔레포트 반대 단체들은 이번 기회를 놓칠세라 인공지능 로봇의 퇴출을 주장하고 나섰다. 자신들의 테러로 사고가 발생한 건 이미 잊은 지 오래인 듯했다.

"원시시대로 돌아가자는 거야 뭐야."

갓길에 승용차를 세운 오 형사가 나지막이 중얼거리며 운전석 문을 열었다.

갓길을 따라 Y자 갈림길에서 사고 지점으로 걸음을 옮겼다. 얼마 지나지 않아 줄지어 늘어선 노란색 차단 펜스 뒤로 형체를 알아볼 수 없을 정도로 폐허가 된 하행 텔레포트 정거장과 탑승구가 보였다.

사고 현장 조사는 이미 끝난 상태였다. 하지만 현장을 직접 봐야 한다는 의무감이 오 형사를 이곳으로 이끌었다.

바닥에는 부서진 철제 조각들이며 플라스틱 잔해들, 그리고 유리 조각이 떨어져 있었다. 두 동강이 난 원통형 텔레포트 탑승구들이 바닥에 뒤엉켜 있었다. 하행선 세 개의 탑승구 모두 수리가 불가할 정도로 망가졌다. 탑승구 하나의 가격이 천문학적인 것으로 알고 있는데, 텔레포트 회사의 손실도 어마어마하리라.

현장을 둘러보던 오 형사의 눈에 무언가 이질적인 물건이 보였다. 허리를 굽혀 잔해 속에서 찾은 물건을 집어 들었다.

"펜던트인가……."

하트 모양의 작은 펜던트였다. 새까맣게 그을려 손가락에 검은 재가 묻어났다. 하지만 뒷면에 양각된 알파벳 'WYW'는 알아볼 수 있었다.

"사망자가 목에 차고 있던 건가?"

하지만 사망자의 명단 중에 WYW에 해당하는 이름은 없었다. 자신의 이름보다는 가족이나 연인의 이니셜일 가능성이 높았다. 오 형사는 휴대전화에서 경찰청 AI 수사 도우미 앱을 열어 사망자의 연인이나 가족 중 해당 이니셜을 쓰는 사람이 있는지 조사 요청했다.

그런데 사고 현장에 화재가 발생했다는 보고가 있었나.

잠시 멈칫한 오 형사는 대수롭지 않게 펜던트를 주머니에 넣고 온 길을 되돌아 반대편 상행 텔레포트 정거장으로 향했다.

현재 운영이 중단된 상행선 정거장과 세 개의 탑승구는 반대편 하행 정거장과 정확히 대조를 이룬다는 것 외에 별다른 특이점을 찾지 못했다.

오 형사는 전면 유리에 푸른 하늘을 머금은 고층 빌딩 앞에 섰다.

"타이거 코퍼레이션 천안지부라……."

정면의 자동문을 지나 빌딩 안으로 들어갔다. 앞을 가로막는 경비에게 경찰 신분증을 들이밀었다. 제복을 입은 경비는 신분증을 보고 깍듯이 경례를 한 뒤 물러섰다. 광장처럼 널찍한 리셉션 중앙에는 이름 모를 예술가의 거대한 조각상이 손님을 맞이했다.

'존트는 인류를 한 단계 더 도약시킬 타이거 코퍼레이션의 새로운 도전입니다.'

오 형사는 소리가 들리는 쪽으로 고개를 들었다. 조각상 위 천장에 매달린 거대한 스크린에서 영상이 나오고 있었다. 센서가 방문객을 감지하면 자동으로 재생되는 영상인 듯했다.

'인류는 존트를 통해 시간과 공간의 제약을 뛰어넘게 됩니다. 이동의 혁신! 빠르고 안전한 존트를 만들기 위해 타이거 코퍼레이션이 최선을 다하고 있습니다.'

한국에 있던 평범한 샐러리맨이 탑승구 속에서 한순간 빛의 입자가 되어 지구 반대편 유럽으로 순식간에 이동하는 영상이 스크린에 펼쳐졌다.

'타이거 코퍼레이션은 존트의 대중화에 앞장서겠습니다.'

존트라 불리는 텔레포트 기술이 세상에 모습을 드러낸 건 불과 3년도 되지 않았다.

기술의 탄생과 함께 거대 자본을 가진 타이거 코퍼레이션이 발 빠르게 텔레포트 기술을 독점했다. 정부 승인을 받은 지 얼마 되지 않았는데도 공격적으로 텔레포트 정거장을 건설하고 있었다. 하지만 아직은 고위급 관리나 일부 부유층만 이용할 수 있는 부르주아 기술로 인식되고 있었다.

영상을 보니 회사도 이를 인지하고 있는지 대중화를 위해 꽤 힘쓰는 듯했다.

"이용료를 줄여 줘야 일반인도 이용할 거 아닌가."

오 형사는 작게 혀를 찼다.

얼마 전이었다. 도주 우려가 있는 범인을 검거하기 위해 긴급하게 딱 한 번 존트를 이용했었다. 하지만 한 번을 위해 거쳐야 하는 수많은 설득과 승인의 절차를 생각하면 지금도 절로 얼굴이 찡그려졌다.

"형사님!"

에스컬레이터를 타고 내려오는 말끔한 정장 차림의 남

자가 오 형사를 향해 손을 들었다. 남자가 서둘러 오 형사 앞으로 와서 명함을 내밀었다.

타이거 코퍼레이션 대외협력팀 민진기 차장.

"갑작스러운 조사에 협조해 주셔서 감사합니다."

"반갑습니다. 우선 이리로 오시죠."

앞장서는 민 차장을 따라 안내대 옆 접견실로 들어갔다. 작은 책상을 두고 마주 앉은 뒤에야 민 차장이 입을 열었다.

"먼저 불의의 사고는 저희도 유감스럽다는 말씀을 드리고 싶습니다."

민 차장은 잠시 오 형사의 눈치를 살핀 뒤 말을 이었다.

"아시다시피 저희는 불행한 사고에 휘말렸을 뿐, 정거장의 내구성이나 구조물은 정부의 안전 등급에 맞춰서 시공했음을 말씀드리고 싶습니다."

오 형사는 쓴웃음을 지으며 손바닥을 내저었다.

"뭔가 오해가 있으셨군요. 저는 회사의 잘잘못을 따지기 위해 찾아온 게 아닙니다."

민 차장의 얼굴이 혼란스러워졌다.

"그럼 무슨 일로 찾아오셨는지……."

"사고 정황을 조사하기 위해 몇 가지 물어볼 게 있어서 찾아온 것뿐이니 너무 긴장하지 않으셔도 됩니다."

민 차장의 경직된 얼굴이 약간 풀렸다. 오 형사가 가볍게 질문을 던졌다.

"사고가 났던 하행 정거장 운행 기록을 볼 수 있을까요?"

이미 조사한 내용이지만 오 형사는 처음부터 짚어 나가고 싶었다. 민 차장이 태블릿 화면을 몇 번 터치하며 입을 열었다.

"아직 존트가 정식 서비스 전이라는 건 잘 알고 있으리라 생각합니다. 차츰 정거장도 늘리고 세 개뿐인 탑승구도 늘릴 계획입니다. 부유층의 탈것이라는 이미지에서 벗어나 대중의 이동 수단으로 다가가기를 바라고 있습니다."

민 차장이 태블릿 화면을 오 형사 쪽으로 돌렸다.

"9시경 하행 탑승구에 승차한 고객 세 분이 같은 시각에 부산 정거장에 하차한 기록이 있네요."

"존트로 출발지에서 목적지까지 순간이동하는 데 얼마의 시간이 소요되나요?"

민 차장이 자신 있게 말했다.

"천안에서 부산까지는 그야말로 눈 깜빡할 새라고 할까요. 약 0.5초가량 걸린다고 보시면 됩니다."

"상행선은 어떤가요?"

"상행선도 같은 시각에 세 분이 이용했네요. 자, 보시
죠."

오 형사가 오른손을 내저었다.

"이용 로그는 괜찮습니다. 사고 이후로는 더 이상의
이용 내력은 없는 거죠?"

민 차장이 침울하게 눈을 내리깔고 고개를 저었다.

"그렇습니다. 존트는 한 번 이용 후 최소 5분 이상의
준비 시간이 필요합니다. 9시 4분에 사고가 났으니, 이
후의 운행은 없었습니다. 사고가 나지 않은 상행선도 사
고 이후 운영이 중단됐습니다."

민 차장이 입을 달싹이며 회사 손실이 엄청나다는 말
을 덧붙였다.

오 형사가 갑자기 생각난 듯 질문을 이었다.

"혹시 존트 이용 중에 유실물이 발생하는 경우도 있습
니까?"

눈을 가늘게 뜬 민 차장이 오 형사를 바라봤다.

"어떤 의도로 여쭤보시는지 모르겠지만…… 없습니
다."

"전혀?"

"네. 존트 탑승 전 정거장에서 대기 중에 떨어뜨리는
경우가 있을지는 몰라도 탑승구 안에서는 없습니다."

오 형사는 이해가 되지 않았다. 주머니 속 그을린 펜던트에 대해 물어볼 생각이었는데, 민 차장은 정거장에서 유실물이 생길 가능성을 아예 배제하고 있었다. 존트 시에 유실물이 발생할 수 없는 이유라도 있는 걸까.

존트의 작동 원리는 철저한 기업 비밀이었다. 경쟁사뿐 아니라 정부의 고위급 간부 극소수만이 알고 있다는 풍문도 전해 들었다. 그렇게 안전성을 부르짖으면서도 대중에게 정보 공개를 제한하는 이유는 뭘까? 사건과 별개로 호기심이 솟구쳤다. 아니, 사건과 연관이 있을지도 모른다는 감각이 고개를 들었다.

오 형사는 투명 봉투에 담긴 펜던트를 주머니에서 꺼내 탁자에 놓았다.

민 차장이 호기심 어린 눈으로 펜던트를 바라봤다. 잠시 살펴볼 시간을 주고 오 형사가 물었다.

"뭔지 알아보시겠습니까?"

"펜던트 같네요. 줄을 걸어 목걸이로 사용하는…….."

"맞습니다. 오늘 사고 현장의 부서진 탑승구 사이에서 발견했죠."

"그렇군요."

"조사해 봤는데, 사고 피해자의 물건은 아니었습니다."

"사고 현장을 드나든 사람의 것일지도 모르죠."

오 형사가 투명 봉투에 담긴 펜던트를 만지작거렸다.

"그럴 수도 있겠죠. 그런데 좀 이상한 게 있어요."

오 형사가 펜던트를 민 차장 쪽으로 밀었다.

"사고 당시 현장에서 화재는 없었습니다. 그런데 펜던트가 온통 검게 그을려 있어요. 티타늄 재질이라 열에 아주 강한 금속인데 말이죠."

민 차장이 말없이 손수건으로 이마의 땀을 찍었다.

"어디까지나 추측입니다. 뭐, 아닐 수도 있고요. 다만……"

오 형사가 잠시 시간을 두고 말을 이었다.

"존트의 안전성에 의심이 가는 증거가 아닐까 하는 생각이 들었습니다. 초기 조사에선 드러나지 않았지만, 사고로 강한 폭발이 발생했을지도 모른다는. 만약 그렇다면 이용자에게 치명적인 화상 위험이 있을 수도 있는 거 아닐까요."

오 형사가 손가락으로 관자놀이를 짚었다.

"이 사실이 밖으로 새어 나간다면 어떨까요. 안 그래도 존트 기술을 극비에 부치는 타이거 코퍼레이션의 방침에 거부감을 느끼는 사람이 많다는 건 잘 아실 겁니다. 특히 존트 반대 과격 단체의 귀에라도 들어가면……."

"하하. 형사님도 참. 비약이 심하시네요."

민 차장이 서둘러 덧붙였다.

"지금 우리 회사를 상대로 협박하시는 건 아니죠?"

오 형사가 어깨를 으쓱 올렸다.

"그럴 리가요. 그저 하나의 가정일 뿐입니다. 존트 이용자 중 펜던트 이니셜을 조사하면 소유자는 어렵지 않게 찾을 수 있습니다."

오 형사가 휴대전화를 꺼내 들며 말했다.

"벌써 소유주를 찾았을지도 모르겠군요."

"잠, 잠시만요."

민 차장이 오 형사를 재빨리 제지했다. 민 차장은 손수건으로 이마의 땀을 닦기에 바빴다.

"어쩔 수 없군요. 지금 제가 하는 말을 절대로 밖에 옮기시면 안 됩니다."

"뭔지는 모르겠지만 일단 알겠습니다."

민 차장이 숨을 깊이 들이마셨다 내쉬었다. 망설이던 민 차장의 입이 떨어졌다.

"제가 아는 선에서 말씀드리겠습니다."

"형사님은 텔레포테이션이 뭐라고 생각하십니까?"

"순간이동, 아닌가요?"

"그럴 수도 있겠죠. 하지만 존트는 순간이동이 아닙니다. 이거 말을 많이 했더니 목이 타네요. 물 한 잔만 마셔도 될까요."

"얼마든지."

민 차장은 접견실 내 비치된 정수기에서 물 한 잔을 따라왔다.

"지구는 지금도 자전과 공전을 지속합니다. 아무리 슈퍼컴퓨터로 계산해도 출발지에서 순간이동으로 목적지에 도착하는 건 어렵다는 말이죠. 잘못하면 우주 한가운데로 떨어지는 사고가 발생할 수도 있다는 말입니다."

"그럼 존트는 그런 리스크를 어떻게 피할 수 있는 거죠?"

민 차장이 컵에 든 물로 목을 축였다.

"사실 텔레포테이션의 핵심은 물질의 전송이라기보다는 스캔과 복사입니다."

"스캔…… 복사요?"

"순간이동을 위해 막대한 자본을 쏟아붓고 수많은 과

학자가 오랜 기간 연구에 연구를 거듭했죠. 하지만 말씀
드린 대로 정확한 좌표를 계산하는 데는 실패를 거듭했
습니다."

민 차장이 엄지와 중지를 튕겼다.

"그러다 노선을 달리해 봤습니다. 순간이동에 대한 고
정관념을 버리고 새로운 시각으로 바라본 거죠."

"그게 뭐죠?"

"우리는 마침내 사과 한 알을 서울에서 부산으로 1초
만에 텔레포트 하는 데 성공했습니다. 거대한 기계나 슈
퍼컴퓨터도 필요 없었죠."

"대체 어떻게 한 겁니까?"

"어려운 과학 이론은 모릅니다. 다만 고속 스캐너와
초고속 네트워크, 그리고 생체 3D프린터면 충분했습니
다. 쉽게 설명하면 이렇습니다. 출발지의 사과를 고속
스캔한 뒤, 나노 단위의 정보를 부산으로 전송합니다.
다음으론 스캔 정보를 토대로 생체 3D프린터가 사과를
복사해 내면 끝나는 거죠."

"사과 자체를 옮기는 게 아니라, 복사해서 붙여 넣는
다……."

곰곰이 생각하던 오 형사가 눈을 크게 뜨며 물었다.

"그러면 사과가 두 개 되는 거 아닌가요?"

민 차장은 비밀 이야기를 하듯 목소리를 낮췄다.

"혹시 존트를 이용한 적이 있나요?"

"딱 한 번 해 봤습니다."

"그렇다면 느끼셨을지도 모르겠군요. 존트하는 순간의 따스한 온기를요."

오 형사는 기억을 떠올리며 천천히 말했다.

"바닥에서 나온 빛이 전신을 감싸면서 따스한 느낌을 주었습니다."

"탑승구 바닥에서 산란하는 빛은 생각하시는 조명이 아닙니다."

민 차장은 시간을 두고 말을 이었다.

"초고온의 레이저 발생기죠. 스캔이 되는 동시에 승차장 탑승구의 사과는 레이저에 흔적도 없이 타 버리는 겁니다."

입을 크게 벌린 오 형사는 한참 동안 말을 잇지 못했다.

5

천안시 동남경찰서에 돌아온 오 형사는 깊은 생각에 잠겼다.

존트의 숨겨진 진실은 실로 경악 그 자체였다. 회사에서 극비로 취급하는 이유도 충분히 이해할 만했다.

책상 위에 놓아둔 휴대전화에 알림이 수신됐다. 경찰청 AI 수사 도우미에 의뢰한 질문의 조사 결과였다.

이니셜 WYW와 일치하는 이름: 우영우.

09시 정각 부산으로 가는 하행선 존트를 이용한 이용객 박진수와의 관계: 아내.

그리고 마지막 줄이 오 형사의 눈에 강렬하게 들어왔다.

조사 결과 박진수는 오영섭 형사가 의뢰한 물품과 동일한 펜던트를 목에 걸고 있었음.

오 형사는 버스 사고 시간표로 시선을 옮겼다.

9시 정각 상하행선 텔레포테이션

9시 3분경 버스 타이어 펑크

9시 3분경 버스 운전 로봇에 의해 오른쪽 갈림길 진행

9시 4분경 버스 존트 정거장 충돌

사고 현장에 남아 있는 티타늄 펜던트. 존트 준비 시간.
오 형사는 자리에서 벌떡 일어났다.

6

수백 개의 멀티뷰어 모니터가 가득한 관제실.
떡진 머리에 개기름이 줄줄 흐르는 남자가 충혈된 눈
으로 모니터를 노려보고 있다. 뒷머리를 벅벅 긁던 남자
가 모니터에서 눈을 떼 벽에 걸린 디지털시계로 시선을
던진다.
시계 속 붉은 숫자가 이제 막 9시 21분을 지나고 있었다.
"미친…… 신입 새끼도 똑같네."
남자가 입술을 달싹이며 중얼거렸다.
때마침 두꺼운 강철 출입문이 열리자 떡진 머리가 문
쪽으로 홱 돌아갔다. 한바탕 욕이라도 퍼부으려던 남자
의 입이 그대로 얼어붙었다. 출입문 앞에 서 있는 사람
은 그가 기다리던 신입이 아니었다. 남자는 재빨리 키
보드를 두드렸다. 수십 개의 모니터가 한순간에 어두워
졌다.
"여긴 아무나 들어올 수 있는 곳이 아닙니다. 문 앞에

'관계자 외 출입 금지' 명판 못 보셨나요?"

남자가 짜증이 가득한 얼굴로 빠르게 쏘아붙였다. 문 앞의 남자는 개의치 않고 성큼성큼 들어와 말했다.

"차준범 씨 되시죠? 천안 동남경찰서 강력반 오영섭 형사입니다."

차준범이 당황한 얼굴로 엉거주춤 일어섰다.

"형사님이 무슨 일로."

오 형사가 체포영장을 들이밀었다.

"당신을 김이환 씨 살해 혐의로 체포합니다. 당신은 묵비권을 행사할 수 있으며⋯⋯."

"무, 무슨 말인지 모르겠습니다. 김이환이면 얼마 전 버스 충돌 사고로 사망한 직장 동료인데. 제가 죽였다고요? 대체 무슨 근거로 그런 말을 하는 겁니까!"

차준범이 강하게 반발했다.

"역시 순순히 인정하지는 않는군요. 부산에 있는 이곳이 국내 설치된 존트를 총괄 조종하는 상황실이죠?"

"맞습니다. 존트 탑승구들을 관리하는 곳입니다."

"그리고 탑승구에 남아 있는 탑승객을 제거하는 일도 관리하시겠죠."

차준범이 급히 멀티뷰어 모니터로 시선을 던졌다. 하지만 꺼진 모니터는 검은 화면 그대로였다.

"그, 그걸 어떻게……."

"존트의 숨겨진 비밀과 차준범 씨의 범행 모두 파악했습니다. 발뺌할 생각은 접어 두시죠."

"그걸로 제가 김이환을 죽인 게 되는 건 아니죠."

오 형사가 차준범을 노려보며 설명하기 시작했다.

"차준범 씨와 교대근무를 하는 김이환 씨는 상습적으로 지각했어요. 회사 인사 사이트에 차준범 씨가 고발한 내용도 있더군요. 천안에서 출근하는 김이환 씨는 존트를 이용했습니다. 고가이지만 이곳에 근무하는 어드밴티지로 무료 이용할 수 있었죠. 천안에서 부산까지 0.5초밖에 걸리지 않지만 김이환 씨는 매번 출근 시간인 9시가 지나서야 존트를 이용합니다. 그게 한두 번도 아니라 차준범 씨는 극도로 짜증이 났고요."

오 형사가 머리를 까딱이며 말을 이었다.

"저라도 그랬을 겁니다. 그렇게 짜증이 쌓이고 쌓여 살의로 발전한 겁니다."

"김이환에게 불만이 있었던 건 인정합니다. 하지만 전 절대로 죽이지 않았다고요."

차준범이 억울한 표정으로 항변했다.

"차준범 씨는 김이환을 죽이기 위해 존트의 핵심 부품을 제조하는 공장 셔틀버스를 이용하기로 결심했습니다. 버스 시간표를 입수한 뒤 사고 발생 지점 장소와 버스가 지나는 시간을 존트 반대 단체 천안지부장에게 전달했습니다."

오 형사가 휴대전화를 차준범에게 들이밀었다.

"존트 반대 단체 천안지부장에게 보낸 메일을 추적한 결과가 보이시죠? 추적을 따돌리기 위해 다수의 해외 서버를 경유했지만, 사이버 범죄 수사대를 과소평가하면 안 되죠. 차준범 씨가 사용하는 PC의 IP와 MAC 주소를 확인했습니다."

"반대 단체에 메일을 보냈다 칩시다. 하지만 그게 김이환을 죽이는 결정적 원인이 될 수 있다고 생각하시는 건 아니죠? 버스를 운전한 건 로봇이었습니다. 언론에서 떠드는 대로 로봇의 오동작으로 상행 정거장 대신 하행 정거장이 파괴된 거란 말입니다."

차준범이 오 형사에게 손가락질을 해 댔다.

"버스를 운전한 로봇도 제가 조작했다고 주장하려는 겁니까?"

오 형사가 검지를 좌우로 흔들었다.

"제아무리 차준범 씨라도 버스 운전 로봇을 원격 조작하는 건 불가능하겠죠."

차준범이 반색하며 대꾸했다.

"오류를 인정하시는 거죠?"

"차준범 씨는 로봇 원칙을 교묘하게 역이용해 끔찍한 살인을 저질렀습니다."

"맙소사."

차준범이 손바닥으로 이마를 짚었다.

"로봇 제4원칙. 특수한 상황으로 인해 인간의 피해를 피할 수 없는 경우 해를 최소화하는 쪽으로 결정한다. 운전 로봇은 이 원칙에 따라 버스 핸들을 틀었습니다."

"그랬다면 세 명뿐인 상행 정거장으로 갔어야죠!"

다시 한번 오 형사가 검지를 좌우로 흔들었다.

"아닙니다. 버스가 핸들을 꺾기 전까지, 운전 로봇이 적외선 센서로 상 하행 정거장에 있는 사람의 수를 셀 때까지는 상행 정거장에 사람이 더 많았던 겁니다."

오 형사의 말에 차준범이 숨을 삼켰다.

"차준범 씨에겐 간단한 일이었습니다. 9시에 존트를 마치고 여전히 상행 탑승구에 남은 세 명의 이용자를 소거하지 않으면 되니까요. 상행 정거장은 하행의 다섯 명보다 한 명 많은 여섯이 있었던 겁니다. 존트 운영 원칙은 스캔과 동시에 즉각 탑승구 바닥의 레이저로 태워 버리는 겁니다. 이용자들은 산 채로 태워지는 자각조차 못 느낄 정도로 빠르게, 흔적도 없이 타 버리죠. 하지만 차준범 씨는 트롤리 딜레마를 이용하기 위해 탑승객들을 그대로 둔 채 탑승구 문을 잠가 버립니다. 탑승객들은 1분간 영문도 모른 채 탑승구에 갇혀 있어야 했습니다. 차준범 씨는 이용객들의 혼란과 동요를 관제실에 편안히 앉아 모니터로 감시했겠죠.”

오 형사가 멀티뷰어를 가리켰다. 그리고 손을 그대로 차준범에게 돌렸다.

“그만 인정하시죠. 탑승구 내부 화면은 보안과 프라이버시 문제로 녹화하지 않는다지만, 당신의 업무 PC를 포렌식하면 탑승구 레이저 지연 기록이 나올 겁니다. 제가 장담하죠.”

차준범이 고개를 푹 떨어뜨렸다.

“어, 어떻게…….”

오 형사가 펜던트를 보여 주며 말했다.

“사고 정거장에서 이걸 주웠습니다. 추돌 직전 부산으로 존트 했던 이용자가 목에 걸고 있던 거였죠. 검게 그을린 티타늄 펜던트. 이게 의심의 시작이었습니다.”

“그게 어떻게 남았지?”

“존트 이후 다시 구동하는 데 5분의 준비 시간이 필요하다고 하더군요. 고온의 레이저로 탑승객의 흔적을 모두 없애 버리고 다음 사람이 탈 수 있도록 급속냉각을 하는 데 딱 5분이 걸린다는 말입니다. 그런데 버스가 하행 탑승구를 4분 만에 충돌했습니다. 모든 흔적을 태우기까지 시간이 충분하지 않았던 겁니다. 덕분에 녹지 않은 티타늄 펜던트가 제 눈에 띌 수 있었던 거죠.”

오 형사가 수갑을 꺼내 차준범의 손목에 채우며 말했다.

“이제 아시겠습니까? 살인범 차준범 씨.”

작가의 말

『살의의 형태』 이후로 다시 만나는 오영섭 형사와 신기 없는 무당 이루다가 새롭게 만난 사건들이 어떠셨을지 모르겠습니다.

일상에서 만나는 다양한 살의를 그렸던 본격 미스터리 『살의의 형태』에 이어 이번에는 일상과 동떨어진, 특수한 상황 속에서 벌어지는 4편의 특수설정 본격 미스터리 작품을 담았습니다.

각각의 작품 속 주인공은 동일 인물이지만 작품 간의 연속성은 배제시켜 주시길 부탁드립니다. 귀신이 보이고, 좀비가 물어뜯으며 순간이동이 가능한 세계는 카오스 그 자체일 것 같으니까요.

「망령의 살의」와 「팔각관의 살의」, 「인공지능의 살의」는 『계간 미스터리』에 게재되었던 작품을 보강, 수정하여 실었습니다. 이번에 처음으로 선보이는 「죽지 않는 살의」는 2024년 『계간 미스터리』 여름호에 기고하였으나 계간지 지면을 넘는 분량의 이유로 게재되지 못한 작품입니다.

공교롭게 25년 하반기에 출간된 일본 미스터리와 일부 상황이 유사하게 전개되어 놀라움을 금치 못하기도 했습니다. 무궁해 보이는 특수설정의 트릭마저도 먼저 선점하고 발표해야 한다는 압박감을 이번 기회로 몸소 체험했습니다.

저는 등단 이후부터 지금까지 단 하나의 기조로 글을 쓰고 있습니다.

독자가 즐길 수 있는 재미있는 글을 쓰자.

이번 『살의의 특수』도 여러분께 재미를 줄 수 있었던 글이기를 희망합니다. 읽어 주셔서 감사합니다.

2026년 새해

홍정기

수록 작품 발표 지면

- 「망령의 살의」 …… 『계간 미스터리』 2022 가을호(통권 75호) 「망령의 살의」로 게재

- 「팔각관의 살의」 …… 『계간 미스터리』 2023 가을호(통권 79호) 「팔각관의 비밀」로 게재 『한국추리문학상 황금펜상 수상작품집: 2023 제17회』 수록

- 「죽지 않는 살의」 …… 신작

- 「인공지능의 살의」 …… 『계간 미스터리』 2025 가을호(통권 87호) 「인공지능의 살의」로 게재